Acontecências

Acontecências

Vilma Guimarães Rosa

EDIÇÃO COMEMORATIVA DE 50 ANOS

(revista pela autora)

5ª edição

Editora Nova Fronteira Participações S.A.
Rua Nova Jerusalém, 345 – Bonsucesso
Rio de Janeiro – RJ – CEP: 21042-235
Tel.: (21) 3882-8200 – Fax: (21) 3882-8212/8313

CIO-Brasil. Catalogação-na-fonte
Sindicato Nacional dos Editores de Livros, RJ

Rosa, Vilma Guimarães.
R696a Acontecências / Vilma Guimarães Rosa. – 5.ª
5.ed. ed. Revista pela autora. – Rio de Janeiro :
Nova Fronteira, 2016.
Primeira edição pela Nova Fronteira

ISBN: 978.85.209.3936-9

1. Contos brasileiros I. Título

85-0240 CDD – 869.935
CDU – 869.0(81)-34

Aos meus filhos
Laura Beatriz (Laurinha)
e
João Emílio (Milinho)
— duas "acontecências" maravilhosas em minha vida —
dedico este meu primeiro livro.
E também ao Peter,
meu marido e meu grande companheiro,
notável velejador que me apresentou aos mistérios do mar.
A bordo do Cangrejo *e do* Serendipity, *veleiros vencedores*
de incontáveis regatas;
e a bordo da Vilminha, *lancha acolhedora e veloz, Peter e eu*
vivemos capítulos inesquecíveis de nossas vidas, que até hoje me
inspiram para infinitas "Acontecências".

Acontecências aconteceu sempre. Simplesmente aconteciam, ou eu queria que elas acontecessem.

Tinham que existir, num carne e osso de tinta e papel.

A palavra saltou de um estalo. Penetrando no mundo renovado e pitoresco onde respiram meus personagens, um mundo cheio de mar, observei que há gente, *do lado de cá*, que passa a vida inteira sem saber as coisas lindas e interessantes que acontecem *do lado de lá*.

Acontecências emergiu do mar, fazendo minha Minas Gerais sentir saudades.

Mineiro, quando descobre a imensidão de água que engole céu e matas usando suas cores, primeiro se assusta, não acredita. Depois escreve, pinta, faz canção. E termina se apaixonando pela beleza desconhecida, onde ondas e praias escondem segredos que pescadores revelam, coqueiros apostam com montanhas qual vai tocar mais vezes no céu, e a gaivota mergulha, quando o peixe já pulou pra ver.

Sem acabar na linha do horizonte, o mar vai, mas volta. Manso, concordando com proas e popas. Batendo nas rochas, endoidado de raiva ou de alegria.

Cada vez que ouço a onda desenrolada bater no casco do nosso barco, eu sei. Ela está me contando mais uma acontecência...

VILMA GUIMARÃES ROSA
Novembro de 1967

Sumário

Feliz Cinquentenário, *Acontecências*!

Muito feliz estou eu, reeditando este meu primeiro livro, após 50 anos!

Fiz algumas alterações nos contos da primeira edição, certamente devido ao meu amadurecimento literário. Mas sem alterar a sua paisagem, que, em cada estória, é o próprio mar.

Acontecências foi lançado em 1967, e agora já na quinta edição, teve suas próprias acontecências antes mesmo de seu lançamento. Gosto de relembrá-las, reavivando antigas emoções, assim como gosto de relembrar cada fase de minha vida como escritora.

☆

Desde que aprendi a ler e a escrever, fiquei fascinada pela literatura. Quando, no Jardim da Infância do colégio Sion, ganhei como prêmio de aplicação e comportamento — este, o único que recebi na minha vida escolar — o livro *O Lombrigoplano do Professor Pipoca*, do escritor Yantok, fiquei tão empolgada com a leitura, que decidi também escrever livros. Ser escritora tornou-se minha grande ambição, o meu próprio desafio literário, e *Acontecências* foi a minha primeira realização "oficial". Mas fui ensaiando antes, escrevendo estórias em cadernos, para deleite de minhas amigas e meus familiares, leitores assíduos que muito me estimulavam. Cheguei a "editar" uma revistinha mensal de número limitado, as páginas costuradas com agulha e linha. Continham assuntos variados: palavras cruzadas, receitas, uma novela em capítulos e até consultório sentimental com os devidos conselhos, em resposta às cartinhas recebidas. Havia também anedotas e artigos, sobre assuntos que eu julgava eletrizantes.

Eu adorava as aulas de português, com leituras de obras famosas de grandes autores brasileiros e estrangeiros que nos eram apresentados. E havia os exercícios de redação que eu fazia com prazer. Aliás, cheguei a fazer, certa vez, como dever-de-casa, a minha redação e também as de algumas colegas — a seu pedido, alegando falta de inspiração —, e fiz questão de escrever no estilo combinando com cada uma delas, o que foi para mim uma experiência muito interessante. A professora deve ter desconfiado, ou o caso vazou, mas o que nos surpreendeu foi que todas receberam nota dez, e eu apenas nove. Resignei-me, mas no íntimo fiquei bastante orgulhosa daquela quase unanimidade de notas altas pelo meu agradável trabalho.

Cursando o ginásio, ainda no Sion, fui encarregada da biblioteca da turma e isso se repetiu a cada ano, eu cuidando dos volumes com carinho, desde arrumá-los nas estantes até espaná-los, e me divertia empunhando um pequeno espanador.

Levei muito a sério minhas funções de diretora do jornalzinho *O Espelho*. E depois, cursando o Clássico no colégio Jacobina, fui escolhida para dirigir a revista *Traço-de-União*. Eu me realizava colaborando, em ambos, com artigos e crônicas, a maioria tendo como assuntos as viagens que fazia durante as férias.

Meus pais me incentivavam, se interessando pelas minhas "obras" e sempre me presenteavam com ótimos livros. Nos fins de semana havia sempre a surpresa de um novo livro sobre a minha escrivaninha, presente da mamãe que também adorava ler. E meus melhores programas com papai eram as visitas que fazíamos as livrarias. Que delícia sairmos delas carregados de livros!...

Em casa, no lindo quarto de móveis laqueados cor-de-rosa que eu dividia com minha irmã — ela ainda na fase das bonecas —pontificava o móvel da minha biblioteca.

Ajudada pela mamãe, meus livros eram encapados com bonito papel rosa e dourado, listados num catálogo e carimbados com os carimbos que papai tinha encomendado para mim e que tenho até hoje:

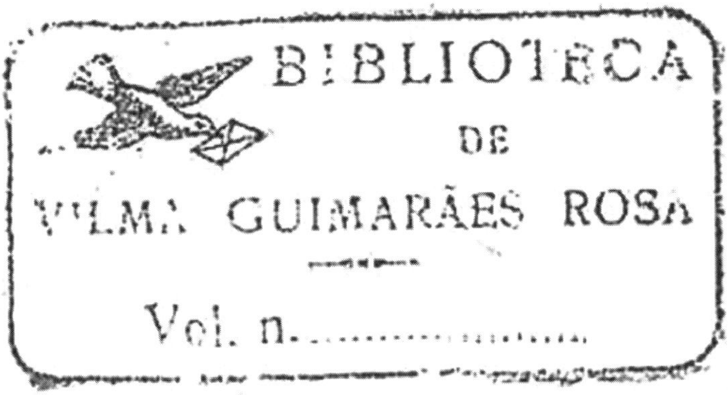

Ele me enviava da Europa livros de estórias infantis com gravuras vistosas em alemão, francês e inglês, me estimulando a aprender estes idiomas. E assim sua ausência, durante os anos quando serviu em Hamburgo, era consolada pela magnífica coleção de livros que enriquecia minha biblioteca. Esta sempre foi meu grande orgulho e motivo de admiração das colegas que iam estudar comigo. Assim, sempre tive uma convivência direta e muito afetuosa com livros.

A sensibilidade, quando maior, pode despertar estranhas sensações. Ainda menina, comecei a escrever o que seria uma novela de suspense e mistério: *Nas cordas do violino, a mão do fantasma*. Talvez influenciada pelo livro *O Fantasma da Ópera* que muito me impressionara. O meu maior cuidado era elaborar um enredo bem diferente, para não descambar para o plágio. Mas, à medida que os capítulos da minha estória se sucediam, assustadores, eu também me assustava. Então só continuei escrevendo de dia. À noite eu parava de escrever e pedia à mamãe para esconder o caderno. Aquelas foram férias empolgantes, dedicadas à minha novela, mas não a terminei. Ela parou no tempo, superada pelos contos que sempre surgiam com mais facilidade na minha imaginação.

☆

Quando me casei, fiz um parêntese nas minhas atividades literárias, pois fui atraída pelas atividades caseiras, e as funções de dona-de-casa me ocupavam grande parte do meu tempo. Dediquei-me, sobretudo, ao desempenho materno. Laura Beatriz e João Emílio, os lindos filhos com que Deus me presenteou, absorveram a minha dedicação, pois jamais admiti a ideia de contratar babás. Aliás, nem precisei delas, porque sempre pude contar com a eficiente ajuda de minha mãe.

Eu continuava imaginando contos, mas naquela época iniciei uma safra de estorinhas infantis. Não as escrevia, mas ia inventando-as, enquanto narrava aos meus filhos as peripécias de toda sorte de bichinhos falantes e saltitantes.

Um dia, papai me perguntou se eu continuava escrevendo muito. Respondi que não tinha mais tempo, estava muito ocupada com minhas "prendas domésticas".

Ele então me avisou num tom de gracejo, mas percebi em suas palavras uma certa apreensão:

— Cuidado, Vilminha, quem se dedicou tanto às atividades culturais e de repente só cuida de fraldas de bebês e comida de marido, corre o risco de pegar uma neurose...

Achei graça naquela observação, mas não me preocupei, pois eu sentia estar apenas adiando os meus devaneios literários.

Mas de repente, as crianças no colégio e eu derrubada na cama pela gripe, comecei a imaginar um conto. Animada, levantei-me, e fui escrevê-lo, me sentindo gratificada em passar para o papel aquilo que a imaginação me contava. Eu estava reiniciando uma atividade antiga que muito me agradava.

Foi assim que *Acontecências* nasceu, com este conto: *Rosa e Violeta*. Lembrei-me da frase com que papai definira a inspiração: "*A inspiração é um forte estado de transe*". Realmente, ela é uma graça misteriosa, e a criatividade possui uma força fascinante.

☆

Tudo tem mesmo sua hora e sua vez. As minhas surgiram quando conheci o Peter, meu segundo marido. O curioso é que tanto ele quanto eu, convidados para uma Exposição de Panos Pintados, absolutamente não podíamos comparecer, já havíamos até recusado.

Mas o destino, criado por Deus, talvez como um tipo de guia para melhor nos conduzir, felizmente nos conduziu um ao outro, num encontro inesquecível que mudou minha vida. Mas esta foi outra Acontecência (com maiúscula, mesmo), que terá um capítulo especial no meu futuro livro de memórias.

Afinal, minha inspiração se libertou completamente, numa ativa onda de criatividade, a bordo do *Cangrejo*, um iate-veleiro lindo, comandado pelo Peter, notável velejador.

Durante as velejadas, ou ancorados diante das paradisíacas praias do nosso litoral, se eu não estivesse lendo — ou cozinhando — estava escrevendo, à mão mesmo, as estórias que o mar me contava, sussurrando no casco do nosso barco.

Peter fez-me, então, uma bela surpresa, presenteando-me com uma máquina de escrever Olivetti, portátil. Matriculei-me num curso de datilografia, que acabei interrompendo... para sempre. Muito me arrependo, pois até hoje só consigo datilografar com dois dedos.

Durante a semana, em casa, eu ficava passando a limpo e retocando as páginas que havia escrito a bordo, no fim de semana anterior. Posso ainda ouvir a vozinha enérgica de meu filho João Emílio, lá de sua caminha, me avisando ao escutar o som da máquina chegando ao fim da linha:

— Mamãe, muda logo de linha, ela já está acabando!

E a voz da Laurinha, lá do seu quarto:

— Mamãe já sabe, João Emílio, ela fez curso!...

Assim, até meus filhos participavam com seus apartes, de meu trabalho na Olivetti, e isto tanto me divertia.

Foi uma época muito feliz da minha vida, e literariamente bastante produtiva. Até durante as frequentes viagens que Peter e eu fazíamos, eu escrevia, atraída pelos lugares e as pessoas, alguns deles bem exóticos e inspiradores.

Graças ao convite de bons amigos da imprensa, tive a alegria de ver publicados dois ou três contos meus no suplemento literário do *Diário de Notícias* e do *Correio da Manhã*, e um artigo sobre a Holanda, *Postal Holandês*, na revista — então da moda — *Rio Magazine*.

Isto me incentivou a aumentar a produção de meus contos.

☆

Sempre gostei de ler obras de escritores que se dedicam à literatura policial, de mistério e suspense. Meu pai também gostava, afirmando constituir "excelente terapia mental, um ativo exercício para o cérebro". Fazíamos uma espécie de jogo, lendo o mesmo livro, ao mesmo tempo — o dele, sempre rabiscado com anotações — e antes do final comentávamos animadamente a trama e os personagens, tentando resolver o mistério da estória. Até combinamos algum dia escrever um livro no gênero, cada um de nós criando capítulos salteados.

Impulsionada por tais jogos, passei uma noite escrevendo o conto *Dúvida*, uma combinação de suspense-policial-mistério, apresentando o detetive-investigador Antero. Ofereci o conto ao papai, como presente de aniversário, acordando-o de manhã com meu telefonema de parabéns e a leitura do texto. Ele ficou enternecido, dizendo ter gostado muito do conto e de meu novo modo de presentear. Até me aconselhou a dedicar-me a este tipo de literatura, pois achou que eu levava jeito para criar finais imprevistos. Fiquei contente com sua opinião, mas expliquei que não queria me rotular. Se a minha imaginação os produzisse, eu os escreveria. Mas minha literatura sendo abrangente, acolheria diferentes enredos.

Anos depois eu enviaria *Dúvida* à revista *Mistério Magazine de Ellery Queen* (edição brasileira do *Ellery Queen's Mistery Magazine)*, publicação da *Revista do Globo S.A.* — Porto Alegre. Meu conto saiu publicado no número 264 da revista, em julho de 1971, com vistosa "chamada" na capa. Foi para mim uma fabulosa surpresa, mas lamentei, com saudade, papai não estar vivo para comentarmos esta minha outra acontecência. Cheguei a enviar mais dois contos para a revista: *Contraconto* e *A Carta*, que foram publicados com destaque, para minha enorme alegria.

Numa viagem que Peter e eu fizemos a Porto Alegre, fomos convidados para almoço pelo simpático senhor Bertaso, diretor da revista. Foi nesta animada reunião que fiquei conhecendo o escritor Érico Veríssimo, de cujas obras sempre fui admiradora. Infelizmente, pouco tempo depois, a revista que publicava contos interessantes de renomados escritores de diferentes nacionalidades, parou de ser editada. Para enorme desapontamento meu e de milhões de leitores.

☆

Quando selecionei os contos ainda inéditos para *Acontecências — Rosa e Violeta* já fazendo parte —, eu os mantive em segredo. Não os comentei, como costumava fazer com amigos e pessoas da família que se interessavam pelo que eu escrevia. Deve ter despertado em mim um inexplicável pudor, talvez desejando preservar o elemento de surpresa, ou o medo de alguma crítica que pudesse abalar o entusiasmo com que eu escolhera os contos para meu primeiro livro. Na realidade eu desejava uma liberdade toda minha, para mais intensamente sentir a alegria da realização.

Eu ainda não conhecia editores, porém escutava os comentários do papai sobre seu amigo e editor José Olympio. Procurei no catálogo — na década de 60 ainda os havia — e após reforçar minha coragem, fiz a ligação. Omiti meu nome verdadeiro, porque eu desejava uma opinião imparcial sobre meu livro, e não o protecionismo pelo sobrenome famoso de meu pai.

Fiquei agradavelmente surpresa pelo próprio José Olympio ter vindo ao telefone, mesmo a pedido de uma desconhecida. Felizmente a sua curiosidade fora a meu favor. Nossa conversa decorreu muito naturalmente, como se já nos conhecêssemos. Tempos depois eu viria a conhecer melhor sua personalidade cativante, que incluía muito boa vontade para com jovens aspirantes às Letras. Falei de meu livro e da minha ambição em vê-lo publicado. Pedi sua opinião, depois que o lesse, e a possibilidade em editá-lo.

Muito gentilmente José Olympio escutou-me, convidando-me para o almoço semanal que oferecia aos amigos, na editora — e que mais tarde eu passaria a frequentar —, sugerindo que eu, então, levasse os originais do meu livro.

Dei uma desculpa, aliás, muito próxima da verdade, pois ia embarcar para o Exterior dali a dias. Lamentei ter de adiar o convite para almoço, e mandei entregar os originais — devidamente assinados com pseudônimo — torcendo para que o livro fosse aceito.

Ao regressar da viagem, tornei a telefonar para o José Olympio e fiquei radiante ao saber que meu livro seria editado. Fora aprovado e, sobretudo, muito apreciado pelo próprio José Olympio e seu filho Coley (apelido de Geraldo Jordão Pereira) "braço direito" do pai e possuindo dele as mesmas qualidades. Foi mais uma ótima conversa e ele comparou meus contos aos de excelentes contistas, brasileiros e de outras nacionalidades, que, aliás, sempre foram meus favoritos. E isto me deixou muito feliz.

Então, o convite para almoço na editora tendo sido renovado, aceitei-o. E já poderia revelar minha identidade.

Jamais me esquecerei daquele dia, quando vivi tantas fortes emoções. Convidei Peter para acompanhar-me e ajudar no meu desempenho, mas ele não aceitou, afirmando que aquela seria uma ocasião muito especial que eu deveria enfrentar sozinha, embora tendo meu livro como escudo. Ele levou-me até a editora e me desejou boa sorte, suas palavras e seu carinho me transmitindo a força suficiente para impulsionar a minha diminuta coragem.

Fui recebida gentilmente na portaria da editora — o bonito prédio na rua Marquês de Olinda — após identificar-me sob meu pseudônimo. Um funcionário acompanhou-me, certamente gentileza providenciada pelo próprio José Olympio. Meu coração batia mais rápido e eu tentava controlar a ansiedade com o pensamento positivo: *tudo vai dar certo, tudo vai dar certo*. Mas o que poderia dar errado?... A desculpa sobre meu nome era plenamente justificável, o livro fora apreciado e aceito. E eu ia almoçar com meu futuro editor e seus outros convidados. Então, tudo estava dando certo mesmo, que coisa tola aquela desagradável sensação de insegurança...

José Olympio acolheu-me com um largo sorriso — simpatizei com ele à primeira vista — logo que saí do elevador.

O restaurante estava repleto de pessoas e avistei entre elas alguns conhecidos, a maioria escritores. Então me veio rápida a noção de que eu deveria confessar ao José Olympio minha verdadeira identidade antes que ele me apresentasse, pois seria deselegante e até catastrófico eu ser denunciada antes de ser revelada ao editor que me ajudara tão bondosamente.

Era preciso agir rapidamente, então cochichei:

— Preciso falar a sós com o senhor, antes do almoço, é urgente...

Ele sorriu e me levou ao seu simpático escritório, um belo salão com elegantes móveis funcionais, livros e mais livros, pilhas de papéis, fotos e mais fotos e belos quadros. E na parede, em destaque, a expressiva frase de Monteiro Lobato:

"*Um país se faz com homens e livros.*"

Ali, naquele santuário de cultura e *inteligentzia* eu ia finalmente me revelar.

Ele indicou-me uma poltrona, e se sentou diante de mim, com aquele jeitão hospitaleiro. E eu, que já havia ensaiado o que dizer, fiquei procurando a coragem, que de repente se escondera.

José Olympio se apressou em deixar-me à vontade:

— Pode me chamar J.O., minha filha, é assim que todos me chamam.

Aquilo de me chamar de *minha filha* funcionou divinamente, pois me senti melhor, e comecei a falar:

— Senhor J.O...

Ele interrompeu, sorrindo:

— Não precisa do senhor, basta J.O...

Recomecei, mais descolada:

— Está bem, J.O., mas antes de tudo peço-lhe desculpas pelo que vou contar. Foi uma decisão que tomei, a fim de preservar a seriedade da minha obra...

Ele arqueou de leve suas grossas sobrancelhas, talvez no esforço de interpretar as minhas palavras, ditas num tom formal. Isto ameaçou desencorajar-me, nem sei porquê, porém o momento da verdade havia chegado e seria impossível recuar. Mas quando percebi no olhar dele duas centelhas brilhando de curiosidade em minha direção, prossegui meu discursinho com alguma veemência:

— Eu sou, na realidade, Vilma Guimarães Rosa, filha do João, seu amigo e editando, e me orgulho imensamente de ser filha dele. Só me escondi sob um nome fictício porque eu queria que meu livro fosse aceito e editado pelo seu valor e não pela proteção paterna. Valeu a pena porque agora me sinto em paz. E agradeço a você, J.O., pela oportunidade que me deu...

Pronto. Eu tinha dito tudo, num fôlego só.

J.O. me olhava com perplexidade, seus olhos continuavam cintilando, e naquele momento o brilho era de espanto. Seu sorriso se alargou, transformado numa retumbante gargalhada que ecoou pelo escritório, soando aos meus ouvidos como uma declaração de total apoio.

Embora surpresa com aquela imprevista reação, sua gargalhada me tranquilizou, porque eu ainda continuava ansiosa, até então. Senti que ele me havia compreendido e estava até se divertindo.

Com a voz num tom acolhedor, ele exclamou:

— Então você é a Vilminha do Rosa!...

Ficamos sorrindo calados, nos olhando durante alguns minutos, e de repente ele pegou a minha mão e beijou-a num gesto elegante, mas sobretudo carinhoso, selando entre nós o início de uma amizade muito linda, desde então e para sempre.

Depois, ele levantou-se e conduziu-me ao restaurante e apresentou-me aos que eu ainda não conhecia e à sua equipe de trabalho da qual também faziam parte membros de sua simpática família. Todos me acolheram com palavras gentis de boas vindas e se tornaram meus muito bons amigos.

Eu me sentia vivendo uma experiência formidável. *Acontecências*, ainda nem publicado, já se tornara assunto de pessoas famosas!...

Furtivamente, procurei o telefone mais próximo e liguei para meus filhos e o Peter, anunciando as novidades que foram por eles aplaudidas com entusiasmo.

☆

Da editora fui à casa da mamãe, ansiosa para contar a ela a saga de *Acontecências*. Entre risos e lágrimas de alegria, nos abraçamos, radiantes pelo primeiro sucesso do meu livro.

Depois fui ao Itamaraty, imaginando a surpresa que ia dar ao papai, com meu relatório. Mas J.O. e alguns amigos que se encontravam no almoço já lhe haviam telefonado para dar parabéns pelas minhas *Acontecências.*

Papai abraçou-me, emocionado, e eu pude sentir o seu orgulho de pai, pela filha que havia dele recebido, no sangue, o mesmo seu grande amor pela literatura.

Ele achou a maior graça eu ter me ocultado sob um pseudônimo para garantir a legitimidade do valor da minha obra, fugindo do seu protecionismo. E compreendeu, sem ressentimentos, eu não ter mostrado a ele os originais. Mas combinamos que após o lançamento nós leríamos *Acontecências* juntos e então eu aceitaria suas críticas construtivas, o que infelizmente nunca chegou a acontecer, pois Deus o chamou dias após o lançamento. Mas eu soube pelo José Olympio, o que muito me confortou: *Seu pai pediu para eu avisá-lo assim que os primeiros exemplares de* Acontecências *chegassem da gráfica, e logo que soube veio voando pra cá e passou um bom tempo lendo e relendo seu livro, sob forte emoção.*

Papai e eu, ainda juntos naquela sua sala de trabalho austera, mas tão especial, que sempre fora o refúgio de nossas conversas, sobretudo de minhas dúvidas perguntantes e de suas preciosas lições de vida, ele comentou, após o meu relato sobre as minhas peripécias na editora:

— Gostei muitíssimo do título de seu livro, Vilminha, mas você não acha que soa Guimarães Rosa demais?...

Interpretei aquela pergunta como um elogio, mas me surpreendi quando ele acrescentou:

— Você não tem medo que pensem ter sido sugerido por mim?

Percebendo eu não ter simpatizado com seu comentário, ele foi rápido na explicação:

— Você sabe o quanto procuro protegê-la, sempre...

Antes que ele prosseguisse, afirmei:

— Se eu deixar de escrever algo bonito ou interessante pelo medo que pensem ter sido soprado pelo meu João-papai-querido, então jamais me sentirei realizada...

Ele ficou sorrindo, parecia encabulado. Mas abraçou-me, dizendo:

— Conserve sempre esta coragem, Vilminha.

Depois, enalteceu a virtude da autenticidade, contando uma fábula sobre ela, que talvez ele tenha inventado naquele momento. É que costumava criá-las, a fim de reforçar os assuntos especiais de nossos papos.

Aquele havia sido um dia maravilhoso, e ficou completo quando meus filhos, Peter e eu celebramos o êxito de *Acontecências* num animado jantar, com brinde de champanhe.

☆

Dali por diante passei a frequentar muitas vezes a editora, cujo ambiente amigável e acolhedor recebia grande número de visitas, sobretudo escritores. Mantive contato com muitos deles, nos encontros cordiais acompanhados de gostosos cafezinhos, e até hoje relembramos aqueles bons tempos.

Eu gostava de conversar com José Olympio, mestre da conversação que ele tão bem sabia cultivar, com seu espírito sensível e versátil. Aprendi muito com ele e relembro, saudosa, seus sábios conselhos, pelos quais sou muito grata.

J.O., figura emblemática, considerado o ícone dos editores, possuía certa fidalguia na maneira de tratar qualquer tipo de pessoa. Admirei-o desde nosso primeiro contato telefônico, não só pela gentileza com que me tratou — aquela desconhecida que, se declarando escritora, desejava publicar um livro — mas pela boa vontade que ele revelou durante nossa conversa.

Visitei a convite dele a biblioteca da editora, uma aconchegante e, sobretudo, muito importante sala, pois guardava, numa perfeita organização e bem encadernados, todos os livros que ele já havia editado. Passei a frequentá-la assiduamente, lendo, naquele ambiente de paz, obras antigas e também contemporâneas de excelentes autores. E certo dia, encontrei ali, em destaque, meu livro *Acontecências,* junto ao *Sagarana,* o primeiro livro de meu pai, entre os seus outros.

☆

Escolhi a segunda-feira, dia 13 de novembro — um dos meus números de sorte — para o lançamento de *Acontecências*. Para sua Posse na Academia Brasileira de Letras, papai escolheu quinta-feira, dia 16, data de nascimento de João Neves da Fontoura, seu grande amigo, com quem havia trabalhado quando João Neves fora Ministro das Relações Exteriores. Prestando-lhe assim uma homenagem, pois fora eleito para sua vaga na Cadeira número Dois da Academia, quatro anos antes.

Eu nunca soube, ao certo, o motivo de meu pai ter adiado tanto tempo sua Posse na ABL, pois muito se orgulhava de ter sido eleito. Quando eu perguntava a respeito, algumas vezes a pedido de Maria Helena, minha fraterna amiga, filha de João Neves, papai me dava gentis desculpas, que não me convenciam. Respeitando-as, eu não insistia.

Vivemos dias especialmente animados, na expectativa daquelas duas datas tão importantes para nós, que representavam a vitória e o coroamento de nossas ambições literárias.

Trocávamos ideias, fazíamos planos, inundados pela mesma intensa emoção. Às vezes papai ficava pensativo, a expressão tristonha e preocupada, mas bastava eu me mostrar animada, era como se o reconduzisse à minha animação. Eu achava que sendo ele muito discreto, alheio a grandes exposições, devia estar intimidado ante a perspectiva da solenidade que o aguardava como principal figurante, na Academia, tendo de discursar para um salão repleto. Quando eu perguntava o que o estava preocupando, ele respondia:

— Saudade da eternidade, Vilminha.

Eu achava esta frase linda, devia ter algum significado profundo, mas naquele tempo não conseguia compreendê-la.

Presumo que eu tenha recebido, pela força do atavismo, o misterioso dom que papai afirmava possuir e que o acompanhou durante toda sua vida, ele mesmo tendo confessado isto num dos prefácios de *Tutameia — Terceiras Estórias*, seu último livro publicado em vida: "*minha vida sempre e cedo se teceu de sutil gênero de fatos. Sonhos premonitórios, telepatia, intuições, séries encadeadas fortuitas, toda a sorte de avisos e pressentimentos...*"

A verdade é que eu também sentia, no de vez em quando, uma vaga apreensão, provocando meu entusiasmo. Uma sensação parecida com medo, de algum perigo que estivesse oculto, à minha espreita. Um medo inadequado, fora de propósito, pois estávamos vivendo em plena e festiva paz.

Mas quando papai ensaiava seu discurso diante de mim e eu, atenta, admirava o belo arranjo de palavras e frases criadas pela sua genialidade, aquela minha vaga sensação de temor se dissipava. Não havia absolutamente motivos para preocupações e temores, pois tudo decorria a nosso favor.

Os jornais acompanhavam o ritmo de nossos preparativos com fotos e artigos simpáticos, denominando aquela, a "Semana dos Guimarães Rosa".

Vibrei ao receber um amável telefonema de nosso amigo Marcos Tamoyo, então Secretário de Obras Públicas do Estado da Guanabara, anunciando ter dado o nome de *Acontecências* a uma rua no Recreio dos Bandeirantes.

Marcos faria, pouco tempo depois, uma homenagem póstuma ao papai, dando o nome de Embaixador João Guimarães Rosa à uma rua do Novo Leblon, na Barra da Tijuca.

☆

Então, para meu desapontamento, papai avisou-me que não compareceria à minha noite de autógrafos, alegando que a hora e a vez seriam minhas, e eu deveria ser a única estrela. Num tom brincalhão completava:

— Não quero roubar cena...

Insisti muito que ele fosse, me fingi zangada, então ele disse, talvez como consolo, que haveria surpresas e elas me dariam muita alegria.

Comentando com mamãe o meu desapontamento, ela, sempre sábia nas suas ponderações, garantiu-me que papai queria se resguardar, a fim de que as emoções vividas naqueles dias não atacassem seu coração, prejudicando o sucesso e a beleza de nossas datas especiais que se aproximavam.

Realmente, e disto só a família sabendo, ele havia sofrido algum tempo antes, uma violenta isquemia. Sendo médico, certamente devia ter conhecimento das condições preocupantes de seu coração.

Meus pais, embora separados, eram muito amigos e sempre trocavam informações sobre as filhas, mesmo elas já casadas e mães de família. As filhas sempre constituíram um traço-de-união entre eles dois. Assim, avisada pela mamãe, não mais insisti pela presença dele na noite de autógrafos. Mas, curiosa, fiquei aguardando as prometidas surpresas.

É bem provável que esta informação que recebi de minha mãe, justificasse o longo adiamento de meu pai para sua Posse na Academia de Letras.

Ela também me afirmou que *Acontecências*, pronto para ser editado, o encorajara a marcar a data da Posse, o que me deixou feliz.

O curioso é que eu sentia uma certa urgência em lançar meu livro. Haviam me sugerido deixar para alguns dias depois da solenidade na Academia. Mas eu queria que fosse antes, obedecendo à uma intuição que insistia fortemente. Aliás, sempre segui minhas intuições, relembrando o aviso de meu pai: "*Às vezes, é mais sábio seguir a intuição do que a razão.*"

☆

Peter, com sua gentil generosidade, organizou uma belíssima festa para o lançamento de *Acontecências*. Foi na pérgula do Iate Clube, e tão concorrida, que os convidados se espalhavam ao redor da piscina, nos jardins banhados pela iluminação feérica.

De repente, surgiu a primeira surpresa prometida pelo papai: nosso querido e muito antigo amigo, o escritor Geraldo França de Lima pediu a palavra ao microfone e leu a maravilhosa carta que meu pai me havia escrito, pedindo ao Geraldo que a lesse em voz alta, a fim de que todos os presentes pudessem escutar as palavras de orgulho e carinho com que ele saudava sua filha escritora.

Que magnífica surpresa! Papai me oferecia uma de suas mais belas obras:

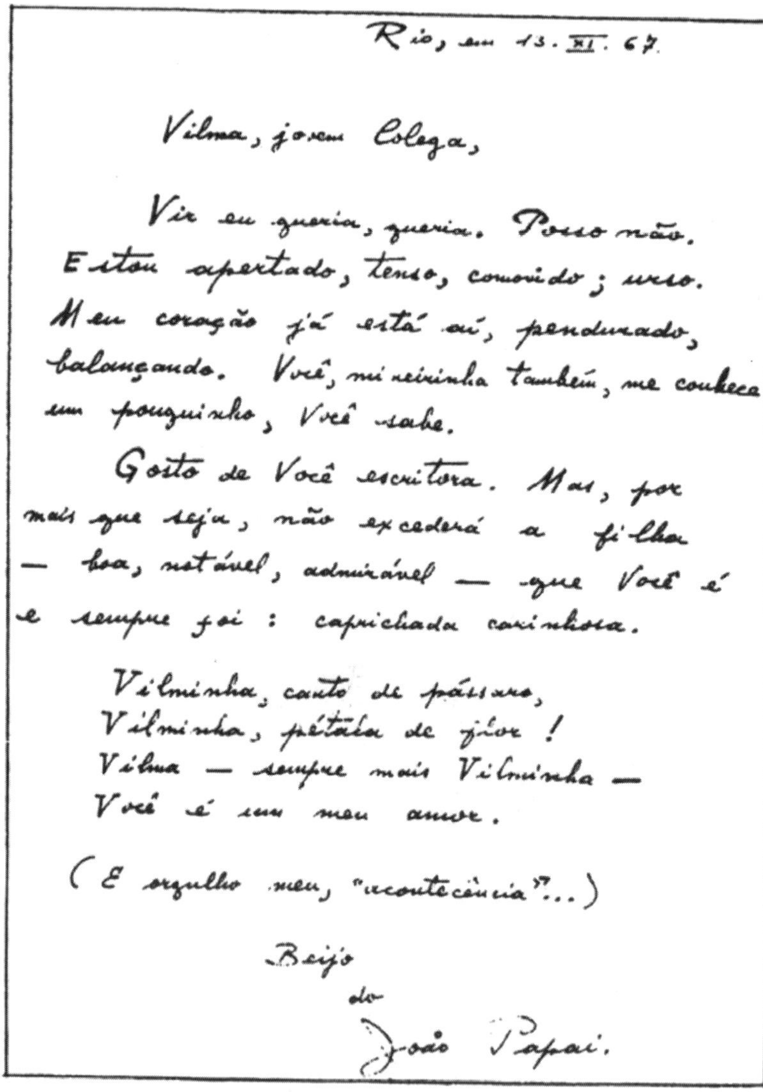

Rio, em 13.XI.67.

Vilma, jovem Colega,

Vir eu queria, queria. Posso não. Estou apertado, tenso, comovido; urso. Meu coração já está aí, pendurado, balançando. Você, mineirinha também, me conhece um pouquinho, Você sabe.

Gosto de Você escritora. Mas, por mais que seja, não excederá a filha — boa, notável, admirável — que Você é e sempre foi: caprichada carinhosa.

Vilminha, canto de pássaro,
Vilminha, pétala de flor!
Vilma — sempre mais Vilminha —
Você é um meu amor.

(E orgulho meu, "acontecência"...)

Beijo
do
João Papai.

A leitura da carta foi muito aplaudida, e ela permaneceu sobre a minha mesa enquanto os jornalistas presentes a copiavam. No dia seguinte saiu publicada em vários jornais e foi bastante elogiada. Hoje, emoldurada, está sobre a minha escrivaninha, ao alcance de meus olhos e impregnada pela minha saudade.

Assinei autógrafos e dedicatórias das sete da noite até quase uma hora da manhã, e nem me cansei, pois a enorme felicidade me envolvendo, também me fortalecia.

E então, no final daquela noite mágica, aconteceu a segunda surpresa de meu pai: o seu comparecimento, com a cumplicidade de meu marido.

Quietinho, observando tudo atentamente como era de seu feitio, e certamente fazendo anotações em seu inseparável caderninho, ficou sentado no fundo da pérgula, oculto propositalmente pelas folhagens decorativas, tendo uma visão panorâmica da festa e podendo admirar a filha que distribuía autógrafos e sorrisos, com certa pose solene de quem está inaugurando o título de escritora.

Já passava de uma hora da manhã e estávamos no aconchego do final-de-festa, quando papai saiu do seu esconderijo, e foi caminhando em minha direção, sorridente e com os braços abertos.

Eu quase não acreditei na sua inesperada aparição! E quando ele me abraçou, foi entoando aquela espécie de mantra criada pela sua genial sensibilidade, que ele gostava de recitar e que, segundo ele, encerrava uma especial mensagem, feita de múltiplos e belos significados:

— Lépida! Límpida! Luminosa!

Envolvida pelo carinho de minha família e de meus amigos mais íntimos, todos muitos emocionados, eu então chorei. Lágrimas de alegria, agradecendo a Deus pela imensidão de minha felicidade.

☆

A noite da Posse, na Academia Brasileira de Letras, foi realmente gloriosa! O discurso de meu pai soava tão belo, na emoção de sua voz, e eu senti um imenso orgulho ao escutá-lo e ao vê-lo usando o fardão. Foi a primeira vez em que o vi chorar. Terminou o discurso em lágrimas, mas não deixava de sorrir para o público que o aplaudia.

☆

Um dos jornalistas ficou insistindo, ao longo da semana, para que eu escrevesse um texto de agradecimento à carta de meu pai. E eu só prometia "para o dia seguinte". É que a semana se agitava com tantos compromissos, e eu ia adiando. Mas devo ao jornalista um voto de gratidão pela sua insistência.

Ele me disse, brincando, que perderia o emprego se não conseguisse receber meu texto para a edição de domingo, que seria fechada na sexta-feira à noite. Afinal, naquela sexta à tarde, consegui inspirar-me e mesmo sem ser poeta fiz estes versinhos, muito de coração:

João Papai

Abri os olhos
para o mundo que girava
no meu berço.
E vi, debruçado
sôbre o seu achado,
meu Pai.
Eu não sabia, apenas pressentia.
Era êle,
de óculos e cabelos na testa,
surpreendido e feliz,
seu olhar verde me fazendo festa.
Cresci.
Sua mão certa
me disse o caminho certo.
Com voz doce
me falou dos bichos e das fadas,
do mundo grande e belo
das palavras.
Cresci mais.

Aqui dentro, no coração.
E de repente,
aquêle Pai
que era o meu
João Papai Beleza
que me fazia rir
afugentando qualquer tristeza.
Que ouvia, atento,
eu contar coisas
e, como eu, gostava
de imaginar.
Meu Pai Amigo
virou Colega.

João Papai Colega,
Você gosta do sertão mineiro,
dos bois, da terra e dos vaqueiros.
Eu, sou do mar.
Juntos na palavra, agora,
como nas bonitezas infantis
de outrora,
vamos, Pai Querido,
estórias, muito, mais estórias
inventar?

Muito amor,
Vilminha.

Rio, 17 de novembro
1967.

Ditei-o para o rapaz, pelo telefone, e avisei ao papai que no domingo haveria uma surpresa para ele, no suplemento literário do *Diário de Notícias*.

Na manhã de domingo ele me telefonou, emocionado e feliz, agradecendo *a magnífica e carinhosa surpresa*! Tivemos uma longa conversa feita especialmente de relembramentos. Relembramos os tempos de Paris, de Belo Horizonte, Barbacena e do Rio, retrocedendo à Itaguara, onde ele fora o único médico — escolhido pelo seu próprio idealismo — e havia feito o parto de minha mãe, quando eu nasci. E repetiu aquilo que gostava de contar às pessoas amigas e aos da nossa família que ainda não tinham escutado:

Seu primeiro banho, Vilminha foram minhas lágrimas de alegria. Enquanto isso, você sorria para mim, celebrando a vida. Nasceu sorrindo, já sabia sorrir. Que ninguém tire de você esse sorriso! E que Acontecências *seja o primeiro de muitos outros livros de sucesso.*

☆

Naquela mesma noite do dia que homenageia nossa bandeira, tão reverenciada pelo meu pai, 19 de novembro de 1967, Deus chamou-o. Para chamá-lo tão cedo, aos 59 anos, Deus devia estar muito precisado dele na eternidade.

O trágico e doloroso final da vibrante "Semana dos Guimarães Rosa" me abalou profundamente. Um triste golpe para nossa família, nossos amigos e os leitores que tanto admiram suas obras. Mas agradeço imensamente a Deus pela Graça de uma tão completa despedida entre papai e eu, mesmo sem sabermos que seria definitiva:

Além da nossa última conversa, feita de alegres relembramentos, a maravilhosa carta que ele me escreveu pelo lançamento de *Acontecências* – talvez sua última criação – e os meus singelos versinhos, uma troca de afetuosa admiração e imenso carinho.

E, sobretudo, dádivas especiais que considero divinas, termos conseguido usufruir, juntos, sua merecida Posse na Academia Brasileira de Letras, e a realização do antigo e mútuo sonho de celebrarmos meu primeiro livro, enfim publicado.

☆

Suas mãos já estavam cruzadas em prece sobre o peito, quando fui levar a ele meu definitivo adeus. Mas ainda permitiram que eu colocasse *Acontecências* sob elas, junto ao seu coração, sucumbido pela soma de emoções que tanta felicidade lhe haviam proporcionado nos últimos dias de sua vida.

No seu discurso de Posse, sua inspiração criativa dá à morte uma definição lúdica e transcendental, um sentido mágico: "*As pessoas não morrem, ficam encantadas*", proclamando a imortalidade da alma.

Hoje, meio século passado, já compreendo o sentido daquela sua *saudade da eternidade*. E renovo a minha mensagem de adeus:

— João-Papai-querido, aqui está *Acontecências*, para não deixá-lo partir sozinho na sua jornada eterna. Não mais sentirá *saudade da eternidade*, porque seu espírito luminoso já se encontra *encantado* no mistério da própria eternidade.

☆

É gratificante sentir que aos cinquenta anos *Acontecências* continua, de certo modo, jovem.

Certamente contribuíram para isto a emoção e o entusiasmo com que imaginei e escrevi seus contos.

E eu desejo, com a força do meu querer, que meu livro assim permaneça, sempre jovem, pelos anos vindouros.

Será maravilhoso quando os descendentes de meus filhos também lerem e comentarem *Acontecências* com interesse, tecendo-lhe críticas afetuosas...

VILMA GUIMARÃES ROSA

∞

REGATA

Cristo, de pé no topo do monte,
estende braços e abre mãos
para dar aos carneiros de nuvens
que pastam no espaço azul,
a direção.

Vento leve arrepia o mar
que está cheio de céu.
Velas brancas brincam de roda,
dispersam-se e voltam a se agrupar.

Homens de rosto queimado
içam genoas,
correm no convés,
pressa e emoção.

O tiro explode no ar.
Ruído seco, dá a partida
e mergulha depois no mar.

Balão vermelho, azul e branco
inchado de vento, impelido.
O casco empurra a água
e faz a onda cantar.

Acima de nós,
pássaro de metal espalha barulho de jato
anulando o silêncio do navio grande
que desliza paralelo a nós.

Cresce o lamento da boia perdida.
O navio Madalena dorme no abismo
e a boia, desperta, relembra
o náufrago neste fundo-de-mar.

O vento chega e ronda.
Bate na vela grande
e reclama, em ritmo
de pano batido.

Duas gaivotas gaivotam
ao redor do mastro,
a terceira preferiu pescar.

Veleiros ao vento
espalhados no oceano,
viram pontos no horizonte
quando a terra, ao longe,
ganha tons de fumaça.

Folga a sota!
Cassa a barla!
Folga a adriça!

Lá vai ele,
o caranguejo vermelho
mordendo a vela azul,
garras abertas liderando a regata,
os outros sumidos para trás...

☆

Poema-homenagem ao *Cangrejo,* nosso veleiro vencedor. Escrevi inspirada durante uma regata da qual participei na Baía de Guanabara.

O SOLITÁRIO

Misturados à brisa salgada
sob águas estendidas,
libertos nas asas da gaivota
rasgando limites de espaço,
num mundo eterno
feito de amor,
mostraremos a Deus
o fundo-do-mar...

☆

O SOLITÁRIO

Tamanho pouco acima do mediano, razoavelmente exagerado, seu reflexo é o sol, numa gota azul. Solitário e aprisionado pelas garras de uma gravação antiga, descansa sobre estreito aro de platina.

Este é o anel de brilhante que Marie começou a usar, no dia em que se casou com Pierre. Em Bordéus, plena primavera.

Pierre recebeu dos avós bascos olhos e cabelos de um preto luzente, orgulho da raça Bordenave. Marie combinou opalinas e damasco, pele e cabelo. Os olhos também podiam ser duas gotas azuis.

Quando crianças, exploravam o bosque e subiam nas árvores. Anos mais tarde, voltaram aos mesmos bosques e tinham vontade de subir nas mesmas árvores. Mas algo se transformara. Preferiam conversar e inventar planos.

O amor surgiu durante as festas da colheita e, quando a primavera chegou, eles se casaram.

O anel passou, então, para o dedo de Marie. Após longo percurso através de gerações de noivas de abastados vinicultores.

☆

No tombadilho do *Princesse Mathilde*, Marie dispensou a luva para que o anel pudesse faiscar adeuses. Alegrias e lágrimas de despedida no convés. Vozes e acenos, gente andando e se debruçando na amurada.

O *Princesse Mathilde* era um navio belo e elegante. Deixando a França para trás, ele se tornaria majestade no Atlântico, rumo à América do Sul. Deslizou nas águas café-com-leite do *La Garonne*, ao encontro do golfo de Biscaia, entre as margens da *Gironde* em festa. Campônios dentro de vinhedos, flores e moinhos, surgindo e sumindo diante dos passageiros e secando suas lágrimas de tristes adeuses ou de novas esperanças.

Em mar alto, as manhãs em geral são cintilantes. Marie e Pierre se reuniam aos jovens para os jogos de tombadilho. Ela jogava mal, distraída, admirando o brilho da joia. O brilhante em seu dedo criava mil cores rápidas. À tarde, vendo o sol descer na linha final do mar, Marie levantava a mão e a luz vermelha do poente batia na pedra, transformando-a num enorme rubi. Depois eram as estrelas das noites frias, empurrando-se com pressa de aparecer. No dedo de Marie outra estrela piscava para seus olhos extasiados.

Às vezes, ela tinha a impressão de estar cobiçando o anel, apesar dele já ser seu. Como se aquele brilho fugidio não lhe pertencesse.

Pierre divertia-se, provocando-a:

— Acho que você olha mais para o anel do que para o seu marido, querida.

— Se você repetir isto outra vez, vou tirá-lo do dedo, duvida?

Acabavam sempre rindo, vivendo uma alegria tão vasta e profunda como o mar. Alegria de se pertencerem completamente e sem limites.

— Sabe, Pierre, felicidade assim dá medo. Tudo está perfeito demais.

Ele a abraçava, concordando. Tudo perfeito. Mas o que fosse a felicidade e de que modo tivesse sido encontrada, ele estaria sempre a postos para preservá-la.

Mais tarde, no camarote, Pierre falou, simulando queixa:

— Novamente o anel...

Porque Marie atrasara-se, namorando a pedra e lustrando-a com o lenço de seda.

— Acho que você está com ciúmes, querido. Sabe o que vou fazer? Tirá-lo do dedo e só usá-lo quando desembarcarmos. Vamos apostar como consigo sobreviver sem ele? Ah, antes que me esqueça, a maçaneta da porta está horrível. Quase não consigo abri-la.

Pulara de um assunto para outro, de propósito. Mas Pierre continuou provocando-a com sorriso de malícia.

— Então, você duvida? — repetiu ela.

— Que a maçaneta esteja enguiçada? Não, eu também verifiquei isto e vou reclamar, quando sairmos para o almoço — respondeu ele.

Marie deu uma risadinha e mostrou:

— Olha, o anel ficará guardado nesta caixa de talco. Meu esconderijo secreto.

Pierre achou graça. Aquilo era bem Marie.

☆

— Jonas...

— Hum...

— Jonas...

— Outra pergunta, Mimi?

— Não, desta vez não é pergunta. Ou melhor, é. Mas feita de outro jeito.

— De que jeito?

— Em forma de resposta.

— Então diz logo.

Jonas sorriu, franzindo os olhos pardos sem levantar o rosto do mapa. Chupou o cachimbo apagado e continuou inclinado sobre a mesa.

— Acho que você vai acabar desistindo daquele negócio. Há duas semanas não toca no assunto.

— Que negócio?

— Está vendo? Já se esqueceu.

Mimi desmanchou a fileira de tricô que estivera fazendo. Jonas não estava prestando a menor atenção.

Ela era mulher sensata e paciente. Esperou o tempo necessário para terminar a nova fileira de pontos de tricô. Depois, guardou na cesta o que podia ser o começo de um suéter. Estavam casados há vinte anos e ele continuava distraindo-se entre cachimbos e cartas de navegação.

— O negócio da nova companhia, Jonas. A Oceanotec.

— Ah!

— Ah?

— Mimi, não depende só de mim. Posso continuar mergulhando por conta própria, você sabe. Como sempre fiz. Mas para organizar uma companhia é preciso dinheiro. O Baiano prometeu ajudar. Eu entro com a prática e uma parte do capital. Estou esperando a resposta do sujeito aqui de Niterói. O altão norueguês. Ele se apoia no sogro que fica de olhos abertos vinte e quatro horas por dia. É um velhinho desconfiado. Solta o dinheiro com dificuldade.

Falou tranquilamente. Sabia que Mimi ansiava em vê-lo num emprego sério e certo, que pudesse lhes dar segurança. Ela não gostava de vê-lo fazendo biscates. Sonhava com um escritório onde fossem procurá-lo para perícias de naufrágios, ou desencalhe de peças importantes, dinheiro grosso saindo de companhias de recursos. Ele não aceitava trabalhar de paletó e gravata, nem queria a clausura de um escritório. Educavam os filhos com dinheiro ganho pela venda de peças encontradas no fundo do mar, ele mergulhando onde e quando bem entendesse.

A casa de madeira que ambos haviam construído em Niterói era quase toda decorada com peças de navios afundados. Jonas costumava dizer que o sangue lhe corria salgado nas veias, e seu suor era feito de maresia.

— Mimi, veja só esta Ponta.

Ele apontava na carta com o dedo encardido de fumo. Mimi olhou. Gostava de ouvir as estórias de Jonas.

— É incrível como um lugar tão belo possa esconder traição.

— Traição?

— A Ponta do Sono. Tenho vontade de mergulhar ali. Há três navios submersos. Um deles está recheado de ouro. Não será fácil chegar até os navios, mesmo assim gostaria de tentar.

— Jonas, acorde. Sonhos profundos são perigosos.

Ele sorriu e continuou:

— Lugar lindo. Fica para os lados de São Fernando. Dizem existir ali uma força magnética que faz os navios naufragarem.

— Bom, não adianta eu proibir, porque você vai mesmo. Mas vê se cuida primeiro da Oceanotec.

— Olha, Mimi, talvez seja este o primeiro trabalho da nossa nova companhia... Vou estudar o local.

☆

Lisa era bela e sentimental, com olhos negros sonhadores. De dia trabalhava em obras sociais. À noite tornava-se, com segurança, mulher de empresário de sucesso que frequenta com classe.

Chico ainda recordava a salinha do banco, onde trabalhara quando moço. Tinha conseguido tudo, nos últimos anos. A presidência do banco, casa própria e bem organizada e carros de luxo. Dinheiro, posição, e sobretudo um casamento de amor. Era alto, cabelos e olhos castanhos, vestia-se bem e as mulheres o achavam atraente.

Foi num domingo. Chico fez uma pausa no café-da-manhã, para calcular a quantidade de sol que o massacraria no golfe, mais tarde. Projetou o pescoço para fora do janelão e seus olhos se equilibraram sobre o mar.

Apenas recomeçara o ritual do café-da-manhã, quando Lisa, até então absorvida na leitura do jornal, falou, dobrando a página e estendendo-a para ele:

— Francisco, olha só o barco do Oliveira, que bonito!

Ela não o chamava mais pelo apelido. Desde quando, não se lembrava. De um momento para o outro, Chico, seu primeiro e único namorado, transformara-se em Francisco, mais de acordo com os móveis de estilo e os lambris da biblioteca.

— O Oliveira tem barco?

Ele não sabia o que era inveja porque suas mãos e seu prestígio alcançavam tudo. Mas o fato do Oliveira ter um barco o aborrecia. Alguém conhecido possuía algo que Lisa apreciava e que ele ainda não experimentara.

— Ele vai competir numa regata. Homem de sorte. Será que a Célia gosta deste tipo de esporte? Sorte a dele, se ela gostar...

Chico sacudiu os ombros, e sentiu ciúmes.

Naquela tarde suou mais do que nunca, no campo de golfe e lembrou-se que o Oliveira devia estar pegando vento fresco no mar.

Na volta para casa, deixou a mulher dirigir, para acompanhar com os olhos a regata. O vento inflava as velas e empurrava os veleiros, formando conjunto de grande beleza.

De tanto ouvir falar no barco do Oliveira, Chico acabou comprando um, o *Vento Leste,* e viu Lisa vibrar. Não dispunha de tempo para alegrar sua Lisa, mas gostaria de poder fazê-lo mais vezes. Pelo seu cérebro desfilavam diariamente paradas de cifrões, cheques, ações e duplicatas. Amanhecia assinando documentos e entregava-se aos negócios, de corpo e alma. Almoço de negócios, jantar de negócios. Quando não havia compromissos sociais, aos quais comparecia pelos contatos valiosos, afundava-se depois na sua poltrona de couro predileta e cochilava, exausto. Às vezes, durante a noite, pulava da cama para fazer anotações. E passou a dormir com o bloquinho na mesa de cabeceira. O vício do trabalho começou a dominar seus fins-de-semana.

Lisa aceitou a ideia do barco, entusiasmada. Dedicou-se inteiramente ao *Vento Leste*. A princípio ajudada pelo marinheiro, depois sozinha mesmo, cuidava do iate como se este fosse um filho. Chico, após um curso rápido de navegação, fez uma única regata, curta, só até a Ilha Rasa. Mas para ele, pareceu o longo caminho da eternidade. Quando perdeu a paciência de ficar parado, à disposição de um vento caprichoso, sentiu saudades dos seus tacos e voltou ao golfe.

Lisa, porém, continuou no barco. Comandante, seria a última a abandoná-lo.

☆

Aquele pôr-do-sol apreciado de bordo foi rápido, como se o próprio sol estivesse ansioso para desaparecer.

À noite, não houve estrelas. Já era bem tarde quando o *Princesse Mathilde* foi absorvido pelo nevoeiro.

O jantar de despedida esteve animadíssimo. Era a última noite e os passageiros, com suas vozes e risos, quase conseguiam abafar a música executada animadamente pela orquestra.

Marie usava um vestido branco e vaporoso. Ao dançar, a musselina parecia formar as asas de um anjo.

— Você tem uma força de vontade terrível, querida. Nunca poderia acreditar que conseguisse vir ao baile sem o anel.

— A tentação foi grande, Pierre. Mas o prazo é a chegada. Só posso usá-lo amanhã. Viu como aguentei? Afinal, eu não estava tão obcecada, e consegui provar isso.

Pierre sorriu, divertido.

— Tem a certeza de que ele continua no fundo do talco?

— Ah, mas certamente. Acha que eu arriscaria? Sabe, querido, aquela pedra é estranha. Quando me fuzila com seu brilho parece estar dizendo qualquer coisa numa linguagem desconhecida. Há momentos em que fala sério, outros em que graceja. Sou capaz de jurar que lá dentro da caixa, agora, está zombando de mim...

— Ou morrendo de tristeza por não ter vindo ao baile...

Marie sorriu e Pierre apertou-a mais junto a si, e continuaram dançando.

Subitamente, o *Princesse Mathilde* foi sacudido por uma explosão fortíssima. As luzes se apagaram. A música parou. Todos foram atirados violentamente ao chão, caindo uns de encontro aos outros. Perplexos, desorientados, tomados de surpresa pelo barulho infernal que se transformara num metralhar de rebites saltando e ferros que se rompiam. Uma chuva de estilhaços lavou o salão.

Mulheres conseguiram correr aos gritos para suas cabines, procurando suas crianças. Homens falavam ao mesmo tempo, perguntando e gritando ordens. Ninguém se entendia e a confusão não conseguia mais ser contida.

Marie e Pierre ficaram algum tempo abraçados. Ele não desejava fazer mais do que envolver a mulher num abraço protetor. Ficaram assim unidos, diante do perigo.

Lanternas foram imediatamente acesas e o grito aflito da sirene rompeu o nevoeiro.

A proa do *Princesse Mathilde* batera nas rochas traiçoeiras da Ponta do Sono.

— Não tenha medo, querida, eles estão preparados para tudo. Há botes de salvamento com lugares para todos. Nós nos salvaremos.

Os oficiais tranquilizavam os passageiros. Os médicos de bordo socorriam várias pessoas, auxiliados por voluntários. Vozes berravam palavras inúteis. Perguntas ficavam sem respostas. Alastrava-se o pavor.

— Pierre, querido, junto de você não sinto medo. Mas o que será de nós?

Pierre acompanhava a agitação, olhos rápidos e nervosos. Não podia se mexer, com Marie prendendo-lhe os braços.

Foguetes iluminaram a noite esbranquiçada de neblina. Os primeiros botes desceram. Mulheres e crianças abafavam preces e soluços, abrigadas pelos cobertores. Despedidas e promessas de reencontro. Nem mesmo o calor dos beijos desesperados e as emoções vividas no instante que poderia ser o último conseguiram aquecer a noite terrivelmente fria.

Mais um foguete subiu, atravessou a névoa e abriu-se numa inútil cascata de fogo.

— O anel!

A lembrança faiscou no pensamento atordoado de Marie.

E o navio já estava adernando e se posicionando para descer.

— O anel! — gritou Marie.

Pierre olhou-a, atônito. Porém ela não lhe permitiu pensar. Saiu correndo, esbarrando em pessoas que fugiam. Ele correu atrás dela. Via-lhe as asas de musselina, esvoaçando entre sombras. Difícil alcançá-la, com tanta gente bloqueando a passagem.

Afinal alcançou-a e Marie caiu em seus braços. Ela tentara arrombar a porta, sem conseguir. Implorava numa voz rouca de desespero:

— A chave! A chave!

Pierre procurou nos bolsos, encontrou o isqueiro e acendeu-o. Tentou abrir a porta. A fechadura realmente pirraçava.

— Pelo amor de Deus, querida, vamos embora! Eu comprarei pra você dúzias de anéis!

Marie investia de encontro à porta, descontrolada. Ele queria arrastá-la, possuía força física suficiente para isto. Mas não ousava contrariar a mulher.

Ela estava completamente fora de si. Pierre compreendeu que nada a deteria. A ombrada que ele deu na porta fê-lo rosnar de dor. Ela se abriu e eles caíram dentro do aposento.

Marie chorava alto.

— Oh! Pierre! A caixa! A caixa de talco!

O navio aumentara a inclinação, atirando objetos no chão da cabine.

Pierre segurava o isqueiro cuja luzinha já enfraquecia. Marie, ajoelhada, abrira a caixa de talco esvaziando o seu conteúdo. Mergulhou avidamente os dedos no pó. Achou o anel e colocou-o no dedo ao lado da aliança. Contemplou-o, rindo e chorando. Beijou-o.

Pierre segurou-a com carinho e ajudou-a a levantar-se.

Ouviram um estalo forte na cabine. O navio estremeceu e a porta bateu diante deles. Pierre tentou abri-la. A porta continuou fechada. Surpreso, sacudiu a maçaneta. Com ambas as mãos procurou torcê-la. Não conseguiu. A madeira, silenciosa, não se movia. Marie sentiu um arrepio percorrer-lhe a espinha. Medo áspero e frio. Pierre bateu na porta com as palmas das mãos. Depois, fechou os punhos e deu-lhe murros.

— Aqui! Socorro! Socorro!

Gritos e vozes chegavam até eles, diminuídos e distantes. A cabine foi sacudida por novo tremor e se adernou de tal modo que ambos perderam o equilíbrio. Sem medir sua insensatez, ele procurou a cadeira, tateando, e com a perna dela atacou furiosamente a escotilha. Bateu no vidro. Forçou. Cacos tilintaram como guizos de esperanças. Numa fúria terrível, a água cascateou pela escotilha aberta. Começaram a afundar.

Pierre gritava, batendo novamente na porta, já quase sem forças. O mar jorrava fortemente, inundando a cabine. Exausta, Marie chorava de mansinho, numa angústia resignada.

Na escuridão, a água subia rapidamente, já os cobria até os joelhos. Marie parecia um anjo de asas rasgadas e, no seu dedo, faiscando linguagem desconhecida, *a gota brilhante*, também prisioneira entre as garras de platina. Num longo abraço, Pierre e Marie permaneceram calados, perplexos, esperando o fim.

O *Princesse Mathilde*, belo e elegante, majestade ultrajada, foi sumindo dentro do mar, cercado de lamentos e desesperos que se espalhavam pela noite envolta na neblina.

☆

Jonas subiu de dois em dois os degraus que levavam à casa.

— Mimi...

— Estou na cozinha, Jonas.

Ela enrolava sanduíches de carne fria em papel laminado e os empilhava junto com ovos cozidos e tomates na caixa de papelão.

— Tudo pronto, meu bem?

— Tudo. Embrulhei o sal e a mostarda à parte.

Mimi limpou os dedos no avental.

— Você é um anjo, Mimi.

— Eu sei...

Ele rodeou-a pelas costas com seus braços compridos e roubou uma fatia de carne.

— Espero que em São Fernando vocês encontrem o que comer.

— Tem a casa do japonês. O *sashimi* deles é uma delícia.

— Que falta de imaginação, comer pedacinhos de peixe cru nadando em molho de soja...

Jonas sorriu.

— Ora, Mimi, não existe no mundo comida igual à sua. Os molhos de peixe que você prepara são maravilhosos. Na falta deles, o jeito é comer peixe cru mesmo.

Deu mais uma olhada no mapa dizendo:

— Olha, já concluímos todos os cálculos.

Os dois inclinaram-se sobre a mesa, onde Jonas tinha fixado a carta. No mar de cartolina ele traçara riscos e círculos.

— São apenas trinta ou quarenta metros de profundidade, numa boa área.

Ele segurava o cachimbo com a mão esquerda e descansou o outro braço sobre o ombro da mulher.

— Cuidado, Jonas...

— Ora, ora, Mimi. Não vai me dizer que está com medo. Você precisa confiar no presidente da Oceanotec.

— Confio, e ainda assim tenho medo. É um lugar praticamente desconhecido.

— Pode ficar sossegada. Vai ser muito interessante. Muito, mesmo.

O dedo manchado de fumo largou o cachimbo e tocou no mapa, aninhando-o dentro do círculo vermelho.

— Você se lembra quantos navios estavam enterrados neste mar?

— Três. Um deles, recheado de ouro. O que deve acontecer também com os outros, suponho.

— Ah! Você não esqueceu o detalhe, hein?

— Olha, Jonas, não sou boba. Tenho ficado quieta com meu tricô todas as noites, enquanto você e o Baiano confabulam, mas já sei de tudo. Esta estória de curiosidade técnica e aventura profissional significa é que estão atrás do dinheiro.

— É uma das razões. Mas o resto também conta.

Ele tirou uma baforada do cachimbo. Mimi continuou:

— Se eu fosse com você...

— Querida, desta vez não é possível. Você sabe que eu a considero excelente companheira e nunca deixei de levá-la. Mas não conheço bem o lugar. Da próxima vez, iremos juntos.

— Se não me leva é porque há perigo.

— Perigos eu conheço todos e sei me defender.

— Jura que são apenas trinta metros?

— Mais ou menos. Por quê?

— As grandes profundidades me assustam. Lembra-se do que aconteceu com o Nico?

— Eram cem metros, Mimi, e isto depende muito do indivíduo. Realmente foi uma sorte eu estar por perto. Ele poderia ter morrido afogado. Meu pai, marinheiro velho e sabido, costumava me prevenir. Aprendi a me defender.

— O mar é um mistério...

— Neste caso, explicável. O nitrogênio é absorvido pelo sangue e causa a euforia traiçoeira. O sujeito se perde numa espécie de êxtase, sem noção de perigo. Chega a tirar o bocal para oferecer ao peixe que passa. Mas também é fácil se proteger, se há conhecimento.

Mimi abanou a cabeça. Era razoável demais para aceitar qualquer ato que considerasse insensato.

— A respeito dos navios naufragados na Ponta do Sono, Mimi, agora eles são quatro. Soubemos que o *Princesse Mathilde* também está dormindo naquele fundo de mar.

— O *Princesse Mathilde*?

Jonas assentiu com a cabeça.

— Aquele navio de luxo que naufragou há muitos anos? Mas Jonas, os jornais disseram ter sido mais para o norte...

— A verdade é que os botes sobreviventes se afastaram do local e houve muita confusão por causa do nevoeiro. Estive conversando no bar com um marinheiro que viveu o drama todo. Vive bêbado por aí, mas apanhei-o num momento de lucidez e ele me deu o serviço. Foi um choque tremendo nas rochas da Ponta do Sono. O navio bateu, abriu um rombo e em pouco tempo afundava. O socorro custou muito a chegar. Não havia embarcações por perto e a localização tornou-se difícil, no meio da neblina. Aquele lugar é terrível, porém são poucos os comandantes que acreditam na força magnética que desvia a bússola. A maioria pensa que é lenda.

— Deve ter sido terrível. Afinal, qual deles é a sua meta?

Ele hesitou, sem desviar os olhos da carta.

— Qualquer um, Mimi. Pela curiosidade, pela aventura...

— Sim, mas qual, pelo lado, digamos... econômico?

— Qualquer um deles pode ser interessante.

Jonas desfranziu o sorriso. Mimi acertara. O que ele e o sócio iam buscar a bordo de um navio naufragado era algo maior do que uma simples aventura. Não havia certeza de nada. Tudo ficava por conta da sorte. Na pior das hipóteses, trariam algumas peças para vender.

A Oceanotec, ao contrário do que Mimi supunha, não estava andando de vento em popa. Navegava num contravento constante. A compra de aparelhos caros criara dívidas também caras. Duas greves e os poucos serviços que apareciam não davam margem a lucros.

Jonas odiava causar decepções à mulher. Preferia mentir. Fazia questão de retribuir, nas mínimas coisas, a confiança que ela depositava nele. Mimi merecia. E ele não passava de velho homem do mar, orgulhoso e cheio de teimosia. De um modo ou de outro, acabaria resolvendo seus problemas. Surgira uma oportunidade e não iria desperdiçá-la.

☆

São Fernando se estende sobre praias curvas e plantações sem fim. Dúzias de famílias japonesas fizeram, ali, depósito de recordações de sua terra.

Jonas e o Baiano levaram a lancha *Mimi II* para as águas da Ponta do Sono. Mais funcional do que bonita, felizmente ela portava-se bem tanto no mar tranquilo como no mar picado.

Os dois já estavam há dias vasculhando o fundo do mar, e acabaram por compreender o fracasso das tentativas anteriores. Ninguém, até o presente momento, fora bastante hábil ou tivera suficiente dose de sorte para descobrir o ouro afundado.

Do *Princesse Mathilde*, Jonas conseguiu alguma coisa. Tocar, no fundo, a mancha enorme assentada na areia. Calculando, por instinto, a posição, ele podia imaginar o navio chocando-se com as rochas e, adernando a bombordo, afundando num resvalo pela encosta submersa.

No último dia, Jonas mergulhou demorado, mais do que o costume. Quando subiu à tona, deu uma olhada no compressor de ar, e rodeou os quadris com o cinturão de chumbo. Polegar para cima, fez sinal ao Baiano. Este tomou lugar junto ao compressor.

Jonas iniciou, mais uma vez, a longa descida, desta vez mais funda.

As cocorocas faziam sua ronda matinal junto às pedras e se misturavam aos peixinhos listrados. Um cardume de paratis passou em disparada. As águas corriam a leste, claras e limpas. Jonas parou. Belos grupos de garoupas e badejos olharam curiosos o peixe diferente e preto, de pernas compridas e braços agitados, vestido de neoprene. As garoupas continuaram seu passeio manso. Os badejos, preocupados, trataram de fugir.

O *Princesse Mathilde* estava ali. Apenas uma sombra sem contornos. Jonas nadou em sua direção. O casco escuro estendia-se de lado.

A aventura sempre terminava neste ponto, nas outras tentativas de invadir seu interior. Desta vez ele pressentia algo diferente. Havia tranquilidade no deserto de areia e as águas límpidas levavam uma tênue faixa da luz do sol ao fundo do mar.

Jonas não desistiu. Um mundo de enchovas agitava-se, próximo ao navio. Apesar da dor de cabeça fina e penetrante, ele insistia. Pensou na 'colher' arrastada pelo fio de algum molinete. Se algum pescador passasse corricando vagarosamente, uma daquelas enchovas certamente não escaparia.

Fazendo algum esforço, tateou pelo fundo do casco, chegando na borda do convés. Estabeleceu um ponto fixo e amarrou o cabo-da-guia no guarda-mancebo. Não tinha ainda certeza do que fazer. No interior do convés não havia luz. O sol, ali, evitava indiscrições.

Desenrolando o cabo, Jonas penetrou na escuridão. Nadava para dentro, a lanterna à prova d'água abrindo caminho com sua luz pálida. Sentiu, então, uma vontade louca de assoviar. Era quase uma necessidade. Ele se sentia leve, mas não conseguia prender o pensamento. Tentou fazê-lo devagar, como se o cérebro dolorido fosse uma câmara lenta. Devia estar num corredor. Aos seus tímpanos atordoados veio chegando o som pesado que vencia a correnteza, empurrava a água, atravessando os labirintos do navio. Jonas sentiu nadadeiras no coração. Sabia que era importante manter a calma. Um minuto de pânico, e estaria condenado. Agir com prudência para não empanar o raciocínio. Aquele barulho devia ser uma comporta do porão, batendo com o vaivém do mar.

Ele tinha a certeza de se encontrar num corredor, para onde davam os camarotes. Foi invadido pelo cansaço, seguido de tonteira. Não estava mesmo num de seus bons dias. A imaginação recomeçou a funcionar, sempre lentamente. E se o compressor enguiçasse? O Baiano conseguiria consertá-lo a tempo? E se a luz batesse num polvo carinhoso, ansiando por abraços? Lutou para limpar as ideias que só lhe vinham trágicas, desde que entrara. Era melhor subir de volta.

Virando-se, parou diante de uma porta inclinada. Se conseguisse empurrá-la, entraria na cabine. Apenas a porta de mais uma cabine. Porém, algo forte o impelia, estranha compulsão que o fez procurar a maçaneta. Não a encontrou sob o raio da lanterna: Empurrou a porta de leve. Ela parecia estar só esperando por isto. Não resistiu, abrindo-se lentamente.

Jonas boiou dentro da cabine. Seus olhos já tinham se acostumado à escuridão. Esbarrou em trapos e madeira apodrecida. Colchões de borracha inchados de água dançaram diante dos seus óculos de vidro. Acendeu a lanterna e percorreu com a luz várias direções. A um canto, amontoado, um monte esbranquiçado. Acariciou-o com os dedos, protegidos pelas luvas.

Fascinado pelo horror, Jonas reconheceu ali um monte de ossos. Dois esqueletos entrelaçados surgiam tão eloquentes na cabine silenciosa, que ele sentiu o sangue gelar, parecendo endurecer em suas veias.

Já experimentara todas as emoções terríveis que o fundo do mar pode oferecer. Mas aquilo era diferente. Seu cérebro recomeçou a funcionar com rapidez.

Jonas sentiu uma atração indefinível em desvendar aquele monte de ossos, tentando vencer a repulsa. Um brilho faiscou junto à lanterna. Ele procurou localizar. Parecia um anel. Cuidadosamente, mas com a pecaminosa sensação de estar profanando, retirou o objeto do que parecia ser o osso de um dedo.

☆

— Francisco, eu acho que o divórcio resolveria tudo entre nós...

Lisa, sentada em frente ao marido, observava-o ler o jornal. Chico empalideceu e depois seu rosto ficou violentamente rosado. Largou o jornal no colo.

— Lisa, você enlouqueceu?

— Absolutamente não. Sinto-me lógica e lúcida.

Ele continuava fitando-a, perturbado. O choque da surpresa não lhe dera tempo de se refazer. Ela falou tranquilamente:

— Nós somos casados há muitos anos, porém vivemos como duas pessoas que mal se conhecem. Somos hóspedes de cerimônia habitando o mesmo hotel de luxo.

Chico era esperto em matéria de dinheiro. Mas quando o assunto era gente, especialmente mulher, custava a compreender. Aos poucos a coisa foi se esboçando em sua mente. Ao mesmo tempo, descobriu em Lisa uma beleza maior e mais madura. Achou-a mais atraente do que nunca. E ela estava pedindo para sair de sua vida.

— Vamos decidir amigavelmente, Francisco. Só quero o barco. Mais nada.

— Mas, Lisa, há outro homem?

Ele estava desolado.

— Não, não há.

— Você deixou de... de gostar de mim?

— Se analisar bem, não temos tido tempo para tais frivolidades...

Sua voz era uma censura amarga.

— Então, o que há?

— Aquilo que já lhe disse. Fomos nos separando aos pouquinhos e hoje somos dois estranhos. Não me agrada viver assim.

Francisco, então, lembrou-se de que haviam decidido filhos para mais tarde. O prazo fora esquecido e os filhos já poderiam ter chegado há muito tempo. Por que, agora que tudo estava perdido, relembrava coisas que deveriam ter feito?

Lisa o observava. Havia uma hora que ele não pensava nos negócios. Hora somente para ela. Chico era um belo homem, o tipo de quase todas as mulheres, mesmo que o dinheiro não contasse. Ela ainda o amava e estava se arriscando. Aquela era a última tentativa, a sacudidela final para trazê-lo de volta. Ele não compreenderia nunca?

Chico via, de repente, o mundo se acabar. Formou-se um vazio diante dele. Vazio sem Lisa. Olhou-a como se a estivesse vendo pela primeira vez. Estava perdendo Lisa. Irritou-se. Gostaria de fazer uma cena, chamá-la de maluca e leviana e negar-lhe o divórcio. Compreendeu que não tinha este direito. Quanto tempo levaria um homem rejeitado para esquecer a mulher que amava?

Ela continuava a observá-lo. No íntimo, sabia que tinha vencido. Esperava.

Francisco, porém, retirou-se da sala, calado, e ela ouviu-o subir as escadas. Como se já tivesse calculado até o tempo, acendeu um cigarro e fumou-o pela metade. Sentia-se inquieta. Saiu também e subiu, abrindo a porta do quarto. Chico voltou-se vivamente, mas logo deu-lhe as costas, simulando procurar algo. Talvez estivesse tentando ocultar a emoção.

— Já mandei preparar o barco, Francisco. Assim que você combinar com o advogado, deixarei o Rio. Seu Custódio é excelente marinheiro, posso contar com ele. E bastante velho para não provocar falatório.

Esperou que ele a interrompesse, mas Chico estava emudecido. Então, ela continuou:

— Se é que você ainda liga para falatórios...

Esperava que ele dissesse alguma coisa. Reagisse, suplicasse. Fizesse promessas, mesmo que não as cumprisse.

Chico apenas quis saber, a voz moderada:

— Você está com muita pressa?

Ela sacudiu de leve o rosto, sem certeza.

— Bem, vou providenciar.

Ele falou como presidente de banco, procurando resolver problema desagradável e repentino, porém solucionável.

☆

Jonas subiu de duas em duas as pedras que serviam de degraus. A aventura em São Fernando tinha terminado e ele voltava sem o ouro.

Mas oculta no bolso da japona, piscava uma pedra cintilante branco-azulada. Se fosse verdadeira, devia valer bom dinheiro.

Jonas possuía consciência elástica. Não o afligia ter tirado aquela joia de uma articulação sem vida. Depois dos primeiros momentos, o sentimento de profanação diluíra-se no fundo do mar. Não encarava o acontecimento como roubo. Se o anel tivesse algum valor e ele conseguisse lucro, o dinheiro seria de grande ajuda para a Oceanotec. Preferiu, no entanto, ser discreto, pelos filhos e por Mimi. Era perigoso vender a pedra. Julgariam que tivesse sido roubada. Quer dizer, roubada em terra firme, o que para Jonas consistia, isto sim, em crime incapaz de cometer.

Além do mais, gostaria de ver sua Mimi usando uma joia. Nunca pudera comprar-lhe um presente caro. Ela merecia.

— Mimi!

— Jonas! Que bom! Não o esperava tão cedo! Como foi tudo?

Ela beijou o rosto tostado de sol do marido, feliz em tê-lo de volta.

— Bem e mal. Nada de ouro. Vasculhei como pude, foi puxado. O último navio que visitei causou-me uma impressão fortíssima. Devia ser mesmo o *Princesse Mathilde*. Trouxemos algum material e ganhamos um dinheirinho. Olha, meu bem, até deu pra um presente. Dá cá o dedo.

— Oh! Jonas! Que anel lindo!... Como brilha! Deve ter custado um dinheirão!...

— Vendi algumas peças de ferro, apurei um dinheirinho...

Ela virava e revirava a mão, deslumbrada com o anel cintilando no dedo.

— Deve ter mais brilho do que valor, mas fico feliz de você ter gostado, Mimi.

Mimi abraçou-o fortemente. Estava radiante.

Naquela noite Jonas falou sobre a Ponta do Sono, evitando cuidadosamente a cena da cabine para não assustar Mimi. Enquanto lavavam, juntos, a louça do jantar, ela escutava-o embevecida, sem tirar os olhos do anel. Preciosos para ela eram o marido e os dois filhos que estudavam no Rio. A casa e o barco vinham logo depois. Era a primeira vez que recebia uma joia de presente. Embora estivesse certa de que não fosse de grande valor, pois Jonas não esbanjaria dinheiro em coisas pouco práticas, ela achava a joia perfeita. O marido continuava mimando-a, mesmo depois de tantos anos.

Na manhã seguinte, Mimi acordou sorrindo e Jonas notou que era um sorriso vinte anos mais moço.

— Jonas, tive um sonho lindo, esta noite. Tão lindo quanto o meu anel.

Ele gostou de ouvi-la mencionar a joia.

— Um rapaz de cabelos pretos ajudava-me a subir as escadas de um navio enorme.

— Quando? Quem? — gritou ele, já debaixo do chuveiro.

— No sonho, Jonas.

— Que sonho?

Àquela hora da manhã o pensamento dele concentrava-se nos problemas da Companhia. Não era fácil desligar tão depressa.

— O que sonhei esta noite. Sonho leve, feliz... E eu usava o anel e estava fascinada por ele.

Jonas passou a mão pela cabeça grisalha e investigou a cara ensaboada, no espelho da pia.

— E você não tem vergonha de andar viajando com um rapazola desconhecido, que podia ser seu filho?

Falou brincando e Mimi deu uma risada, também rejuvenescida, que o incomodou.

— Ah! Mas aí é que está! Eu também era jovem, no sonho. Como estava feliz! Que sensação! Como se tivesse acabado de me casar...

— Desculpe interromper a sua lua-de-mel, querida. É bom cuidar do meu café, porque tenho de sair voando.

— Não me diga que está com ciúmes...

O sorriso dela tornara-se matreiro, como há vinte anos.

Jonas levou alguns dias consertando as finanças da Oceanotec. O norueguês andava de cara amarrada. Resolveram despedir dois mergulhadores e fizeram um serviço pouco maior, no Mangue. A água andava coalhada de óleo e sujeira, mas entrava dinheiro e isto era o mais importante.

Naquela manhã Jonas acordou especialmente animado. Conseguira carta de apresentação para um banco sólido e alimentava grandes esperanças. Talvez conseguisse o empréstimo.

Antes de levantar-se, deu um tapinha na perna da mulher.

— Como é, Mimi. Dormiu bem? Sonhou?

Já se acostumara a ouvir os sonhos da mulher, enquanto fazia a barba. No fundo, embora disfarçasse, já estava ficando invocado. Por que ultimamente Mimi sonhava tanto?

Mimi, porém, acordou tristonha.

— Jonas, preciso falar com você seriamente.

Ele virou-se na cama, preocupado.

— Fala, querida.

— Jonas, estou muito inquieta. Ando pensando...

— Em que pensa tanto, querida?

— Nos meus sonhos. Nestes sonhos que voltam continuados, como fita em série. Cada noite parece um capítulo. Você sabe, nunca fui de sonhar e de ligar pra sonhos. Estou achando tudo isto muito esquisito.

— Ora, ora, Mimi, é apenas distúrbio da digestão. Deve ser aquele queijo que eu trouxe. Já reparou que os sonhos começaram no dia em que o abrimos? Quando ele acabar, os sonhos acabarão também. Você sempre foi tão sensata. Me admira estar dando tanta importância a uma bobaginha.

Mimi continuou, séria:

— Será caso de procurar médico? Veja só, Jonas. No sonho, estou sempre a bordo de um navio, com um homem que eu nunca vi... Desta vez, dentro do sonho eu estava triste e aflita. Quando me vi dançando, usando um vestido que parecia ter asas, tive a impressão de que eu era um anjo, mas um anjo aflito.

— Mimi, você é o meu Anjo!

E sorrindo, num tom brincalhão:

— Vocês já dançaram, se divertiram, viajaram e o cavalheiro tem lhe tratado muito bem, você não pode se queixar. Olha, quem deve ficar preocupado sou eu!

Jonas abraçou-a ternamente, continuando a tranquilizá-la com palavras:

— Procure disciplinar as ideias, Mimi. Comande o cérebro. Não seja escrava do pensamento, isto é obsessão. Se sonha, é porque de dia você só pensa nisso. Fica tudo gravado como num rolo de filme e de noite você assiste à própria fita.

Mimi não estava convencida, mas sorriu de volta.

Jonas levantou-se, dizendo:

— Hoje tenho um compromisso no Rio, Mimi. Vou conversar com um banqueiro. Sabe o que isso significa? Independência na Oceanotec.

Não explicou que o empréstimo poderia salvar a Companhia. Mimi desconhecia a situação e era melhor deixá-la ignorar a verdade. Se apenas sonhos a preocupavam tanto, uma realidade dessas poderia arrasá-la.

Ele improvisou, enquanto se arrumava, a conversa que teria mais tarde no banco. Tomou café e se despediu da mulher com um beijo e um conselho, que a fez sorrir:

— Não se deixe amedrontar pela imaginação, querida. Pense em mim, para sonhar comigo.

À noite, Jonas chegou em casa animado. Ele gostava da horinha no bar da praia. Um traguinho e bate-papos com os amigos conseguiam fazê-lo se desligar do dia de trabalho.

Durante o jantar ele contou à Mimi que o banqueiro era homem amável e bem-educado. Possuía veleiro-de-oceano e a esposa adorava o mar. Haviam conversado muito, falado de barcos e o homem havia se interessado pelo seu trabalho na Oceanotec. O empréstimo já não parecia tão impossível. O mar representara um denominador comum importante na entrevista. O Dr. Francisco também possuía um barco, mas não era um iatista apaixonado.

— Ele me perguntou se já encontrei objetos de valor nos meus mergulhos. Mostrou-se muito curioso, pois anda atrás de um presente para a mulher. Está chegando o aniversário de casamento deles e o presente tem que ser especial. De preferência ligado ao mar.

Jonas encheu o cachimbo e Mimi limpou a mesa. Tinham acabado a refeição e ela não tocara no queijo, rejeitando-o como se tivesse a certeza de ser ele o verdadeiro culpado de seus sonhos estranhos.

A noite estava quente e pesada. Ficaram os dois sentados no terraço e apagaram a luz para não atrair mariposas.

— A caminho daqui parei no bar da praia, Mimi. Andei falando com a marujada. O meu conhecido, marinheiro do *Princesse Mathilde,* estava tão bêbado que parecia uma esponja encharcada de cachaça. Contei-lhe a aventura de São Fernando e ele desatou a chorar. Eu não devia ter tocado no assunto, mas não podia adivinhar...

— Adivinhar o quê?

— Que hoje é a data do naufrágio...

Ficaram os dois quietos, pensativos, escutando o marulho das ondas na praia. Mimi levantou-se e foi regar os pés de gerânio. Fazia um calor abafado e ela sentia-se deprimida. O cheiro forte da terra que acabava de molhar entrou pelas suas narinas, e reavivou uma lembrança adocicada de algo antigo, mas desconhecido.

Dormiram mal. Jonas acordou de madrugada. Com a cabeça sobre os braços cruzados, no travesseiro, olhou o teto. O banqueiro e a Oceanotec ali estavam, distraindo-lhe a insônia. Mimi, ao seu lado, respirava pela boca, ofegante. Balbuciava palavras soltas, gemia e se virava na cama. Jonas começou a ficar inquieto. Teve ímpetos de acordá-la. Levantou-se e procurou o cachimbo. Puxou a cadeira para perto da janela e sentou-se, olhando a noite lá fora e o mar escuro que nunca dormia. Sentiu-se mais calmo. Já podia imaginar a próxima entrevista no banco.

Mimi se acalmara. O marulho na prainha diante da casa recitava à meia voz.

Subitamente, Mimi deu um grito desesperado. Jonas saltou da cadeira e inclinou-se sobre o rosto da mulher, ouvindo-lhe a respiração forçada. Acendeu a lâmpada de cabeceira.

— Sou eu, querida. Dorme. Não é nada.

Ela debatia-se num delírio aflito como se estivesse lutando para livrar-se de uma jaula. Jonas segurou-a e tentou acordá-la. Nunca vira Mimi sonhar assim. Ela batia no ar com os punhos fechados, gritando:

— Socorro! Socorro! Estamos afundando! Pelo amor de Deus, abram esta porta!

Tão rápido como começara, o pesadelo cessou. O suor descia pelo rosto de Mimi e pelos seus braços tostados de sol. A camisola estava completamente molhada. Agarrando-se ao marido, ela chorava de mansinho. Jonas deixou-a chorar. Quando Mimi adormeceu novamente, ele beijou-a nos lábios úmidos, cobrindo-lhe o corpo com o lençol que tinha sido atirado longe, e recolocou o braço dela sob as cobertas. Nisto, viu o anel. A pedra atirou-lhe um brilho cintilante e Jonas recebeu-o com algum susto. Aquele súbito faiscar parecia transmitir uma mensagem insolente que ele julgou entender.

Antes que a pedra o desafiasse novamente, Jonas retirou o anel do dedo da mulher. Mimi se embebera num sono tão tranquilo que lembrava a morte.

Jonas prometeu a si mesmo que, no dia seguinte, contaria a ela a aventura trágica daquela joia.

Lembrou-se, então, do banqueiro. Dr. Francisco queria um objeto valioso e especial, saído do mar...

☆

Lisa acordou no instante indefinido em que o dia rende a noite e uma última estrela pálida ainda tenta piscar no céu clareando.

Vestiu o blusão e as calças de brim, enterrando na cabeça o gorro de linha. Jogou a sacola nas costas e saiu do quarto sem hesitações.

Na Marina, onde guardava o barco, o *Vento Leste* a esperava.

O marinheiro cumprimentou-a, e depois puxou o cabo. Lisa pulou para o convés antes que o velho pudesse ajudá-la, e desceu para testar os motores e verificar se as velas já estavam a bordo. O gelo, as latas de conservas e as garrafas de água. Sentou-se à mesa do comandante e recordou a rota, na carta.

Subiu novamente e ligou o motor enquanto o marinheiro soltava as amarras. Depois que ele recolheu a âncora, ela engrenou a marcha à frente e lentamente o *Vento Leste* começou a se distanciar.

O marinheiro desamarrou o cabo que prendia a vela mestra enrolada na retranca e deixou-a solta. Lisa conduziu o barco na direção contrária ao vento. O homem começou a içar a vela grande com a adriça.

Segurando o timão, ela observou-o içar a vela de proa. Em seguida derivou e o vento encheu os panos brancos.

O mar exalava iodo e sal e Lisa levou-os profundamente aos pulmões, tentando limpar a fuligem da alma. Ao redor do barco, uma planície de água verde, anelada de "carneirinhos", vinha bater no casco. O vento fazia a vela gemer. Balbucios se elevavam como queixas.

Lisa libertou o soluço no ar forte de maresia.

Gostaria de lavar as lembranças com a água salgada. Deixar o pensamento em branco, atirando recordações ao vento. Vê-las espalhadas e sumidas no mar.

Desceu à cabine maior, onde ela e o marido costumavam dormir, para buscar o frasco de protetor solar.

Chico fingia dormir, deitado no beliche. Abriu os olhos e sorriu. Depois, com a maior naturalidade, levantou-se e tomou Lisa nos braços.

— Chico!

Após tantos anos, ele voltava a ser o Chico.

— Chico...

— Pelos meus cálculos, feitos aqui nesta cabine durante a noite, você me descobriria antes do Custódio soltar as amarras. Eu tentaria convencê-la de me incluir na tripulação. Caso contrário... eu teria que raptá-la.

— Mas, Chico...

— Ele está desembarcando no caíque. Coitado do velho, perdeu um grande passeio.

Lisa procurou palavras. Não as achou.

Vento Leste chegou a São Fernando alisando águas mansas e também águas grossas. Fazia poucos dias que deixara o Rio.

Assim que dobraram a Ponta do Sono, o mar ficou calmo e o veleiro deslizou na imensidão clara e tranquila. Lisa e Francisco se reencontraram. Não era mais preciso espalhar recordações ao vento.

A manhã gloriosa esquentava-lhes o coração e eles viviam uma paz muito a dois.

— Há tantos anos não passamos sozinhos nosso aniversário de casamento, Lisa.

Lisa sorriu.

— Isto é lindo, Chico. Apenas esta beleza toda e nós dois. Observe o brilho das águas. Parece que as estrelas, ontem à noite, caíram no mar.

Francisco tateou o anel com a ponta dos dedos, sem tirá-lo do bolso. Não estava certo se já era o momento. Nos últimos anos simplificara com cheques a entrega de presentes.

— Realmente, Lisa. É como se estivessem caindo diamantes do céu.

— Acho que Deus criou um mundo novo e nos colocou dentro, Chico.

Sob a calma do mar, adormecia outro mundo invisível e silencioso. Nos dias claros, o sol descia até os esqueletos adernados de quatro navios, tentando inutilmente restituir-lhes a vida.

— Lisa, meu amor, tenho um presente para você.

Falou baixo, como se estivesse envergonhado. Sua espontaneidade precisaria de algum treino. Tirou do bolso o anel e, pegando a mão pequenina da mulher, colocou-o junto da aliança.

— Oh!

Lisa mordeu os lábios, e ficou vendo a pedra refletir o sol inteiro. Exclamou, extasiada:

— É o *solitário* mais lindo que já vi na minha vida!

Enlaçou os ombros do marido num amoroso abraço e Chico suspirou, feliz. O momento difícil fora superado.

— Este anel foi encontrado no fundo do mar, por um mergulhador — explicou ele.

— Que romântico... Veja só, Chico, a pedra parece ter vida! Que coisa linda...

— Fiquei maluco pelo anel. Concedi um empréstimo por causa dele. O sujeito também estava maluco, mas pra vender. O meu avaliador se empolgou ao examiná-lo. Disse que a gravação é antiga, e a pedra é puríssima e de primeira.

Lisa, fascinada, não tirava os olhos da joia, e ele comentou:

— Esses mergulhadores vivem aventuras incríveis...

— Chico, esta pedra dá a impressão de estar vibrando. Parece ter vida própria...

Francisco sorriu. Lisa sempre imaginava, fantasiando a seu modo. Ele, porém, era mais prático:

— Quando voltarmos, mandarei ajustá-lo. O aro está um pouco largo para seu dedo.

Lisa experimentou tirá-lo, e foi tão fácil que acabou concordando, a contragosto.

— Vai ser uma pena ficar sem ele alguns dias.

Não avistaram barcos que pudessem fazer marolas e as rochas dispersas não provocavam arrebentações. A manhã tépida e clara também estava extraordinariamente calma e o mar tranquilo sob o casco do barco e ao redor deles.

Entretanto, o *Vento Leste* balançou ao sabor de uma pequena onda.

Lisa, sem equilíbrio, procurou apoio no guarda-mancebo. Tudo aconteceu na pequenez de um minuto... O anel, que ela admirava antes de recolocá-lo no dedo, escorregou-lhe da mão e foi cair no mar, mergulhando rápido como se fosse mais uma estrela jogada do céu.

Ela parou, surpreendida, acompanhando o trajeto do *solitário* no espaço.

— Oh! Chico, o meu anel...

Ele também recebera o choque. A rapidez com que a joia lhes escapara fora incrivelmente imprevista, e ainda o mantinha surpreso.

— Meu amor, não se incomode. Você sabe que posso comprar-lhe outro tão bonito e valioso, muito mais até.

Lisa continuava debruçada, espreitando as águas, e ele tentou consolá-la.

— Ele veio do mar e voltou para o mar, Lisa. Não é o único anel que existe no mundo. Assim que voltarmos, você escolherá outro.

Chico abraçou-a.

— Foi tão curto o tempo que ele esteve no meu dedo... Só faiscava, como se estivesse transmitindo mensagens, e foi-se.

— Não pense mais, meu amor. Ele acabou.

Lisa continuava contemplando as águas que tinham se tornado mais brilhantes. As velas do barco cantavam, batidas pelo vento.

— Não, Chico, ele não acabou. Apenas vai continuar existindo num outro mundo, para sempre.

Encolhida no seu desapontamento, olhos úmidos, ela ainda se perguntava:

— *Até quando será existir para sempre?*

Chico sentiu, como nunca, o quanto amava Lisa. Para ele, existir para sempre significava o amor de Lisa. Enquanto ela o amasse, ele se sentiria existindo.

Lisa desistiu de vigiar o mar. Abraçada ao marido tentava imaginar uma explicação:

— É difícil de entender, Chico. Mas aquela pedra tem uma espécie de magnetismo. Eu senti. Azulada e incrivelmente mesmerizante, única! Com seu brilho faiscante, ela parecia transmitir mensagens...

— Mas fugiu da glória de ser usada por você, Lisa. Seu refúgio agora é entre navios naufragados, num mundo de areia e peixes, no fundo do mar... na solidão.

Pensativa, Lisa completou:

— Talvez seja o seu destino, Chico, se ele nunca for encontrado... Afinal, ele é mesmo um *solitário*...

∞

PALPITEIROS, SÓ DEPOIS DAS CINCO

Palpite sempre é demais,
Pra eles tapo os ouvidos
E todos os outros sentidos.
Concordar com eles, jamais!

☆

PALPITEIROS, SÓ DEPOIS DAS CINCO

"É PROIBIDA A ENTRADA DE PESSOAS ESTRANHAS E O EMPRÉSTIMO DE FERRAMENTAS"

A tabuleta, pregada na porta da oficina, balançava à entrada de cada visitante.

Mas todos eram bem-vindos e Nab gostava de vê-los no seu paraíso de serras, plainas e lixadeiras. As tábuas de peroba-do-campo se amontoavam, esperando vez de virar barco. E as ferramentas, proibidas de emprestar, ocupavam seus lugares, limpas e enfileiradas na parede.

Ele construía barcos. Seu nome, Nabucodonosor. O pai, além do nome comprido, lhe deixara herança curta e a recomendação de que se formasse em doutor. Nab não traíra o ideal paterno: tornara-se doutor em barcos, sumidade em esculpir quilhas e ensiná-las a se comportarem no mar. Construções saídas daquele galpão particular tinham qualidade e porte. Faziam vista.

Quando Nab iniciou as obras do *Catamarã*, recusando encomendas e decidindo trabalhar para si ao menos uma vez na vida, não faltou visita de palpiteiro:

— Pra que barco tão grande? Um *Guanabara* se ajustava melhor, você não tem família...

— Nab, você poderá vendê-lo brincando, por bom dinheiro.

— *Catamarã* voa no mar, é verdade, mas...

Ele não respondia, porque não tinha tempo de explicar.

Nab caprichou na obra, de coração. Pulava da cama ao primeiro canto madrugueiro do galo acordando as galinhas, no quintal da oficina. Ele metia a mão no serviço e só parava quando o relógio da estação dava meio-dia, e os sinos da igrejinha badalavam na chegada da marmita, com o seu almoço. Depois, só uma hora de descanso, e ele voltava a trabalhar.

Dona Mafalda, proprietária da Pensão Moderna, refúgio de veranistas, mandava-lhe a marmita pela filha, a Mafaldinha. Nab tinha uma grande quedinha pela moça. Mas não tinha era coragem para se declarar.

Às cinco horas da tarde, ele fechava a oficina, e ia beber um aperitivo no botequim do Zé Tainha.

Para a janta na Pensão Moderna, Nab usava paletó e sussurrava *obrigado* e *por favor* à risonha Mafaldinha, que servia sopas e guisados, goiabada e café, entre risadas mais ou menos discretas e balanços de corpo cada noite mais balançados.

Mafaldinha não entendia de barcos e tinha medo deles. Nos minutos de espera para voltar com a marmita vazia, ficava dando voltas ao redor do *Catamarã*, alisando a madeira ainda áspera e sem cor. Ria, ria, e perguntava numa vozinha fina como arranhão de alfinete:

— É dois barcos grudados, Seu Nab? Dois?

— Não, Dona Mafaldinha, é um barco só, com este feitio. Aliás, a senhorita quase acertou. São dois cascos, ajuntados.

— E tem nome tão gozado, né? Como é mesmo, Seu Nab?

— *Catamarã*, Dona Mafaldinha. É nome indonésio, que quer dizer 'troncos amarrados'...

— Puxa, Seu Nab, o senhor sabe tudo. Vai vender o barco pra quem?

— Pra ninguém, Dona Mafaldinha. Vou arranjar companhia e correr os mares do mundo com ele.

— Vai mesmo, Seu Nab? Que corage!... Eu morro de medo de barco, e do mar eu tenho um medão! Não sei nem nadar...

E ela ria, ria, aquele riso gorgeante que fazia o Nab ficar atiçado.

Qualquer moça dos arredores daria quase tudo pra levar a marmita do almoço pra seu Nab e bater com ele uma prosinha. E todas dariam tudo pra noivar com ele. Malfadinha, porém, comportadazinha — apesar do bamboleio dos quadris, só ficava nos risos e sorrisos. Ela até que sentia um quêzinho de graça pelo Nab, uma espécie de vontade de agradá-lo. Gostava do olhar dele — meio arregalado — grudado nos olhos dela, assim como se estivesse achando ela bonita. Mesmo temendo o mar e os barcos ela sentia uma ponta de orgulho pela *fazeção* de barcos que ele fazia tão bem. Seria tudo isto sinal de amor?

Mas Dona Mafalda não facilitava as coisas. Calada, fazia gosto do noivado e casamento, mas ficava de orelha em pé e olhos bem abertos, guardiã da virgindade da filha.

Enquanto isto, Nab ia se apaixonando pela Mafaldinha. Seus bamboleios de quadris o transtornavam. O riso dela, gorgeio tão musical, e o sorriso deixando à mostra os dentes tão brancos e tão certinhos enfileirados, já o haviam enfeitiçado.

Naquele meio-dia badalado pelo sino da igrejinha, Mafaldinha surgiu na oficina carregando a marmita do almoço, temperado com seu gingar indolente.

— Bom dia, Seu Nab! Hoje tem peixe grelhado, arroz, feijão, jiló, e salada verde. De sobremesa, doce de abóbora, *ajudei* mãe a fazer, e queijo de cabra.

Ela ia falando e abrindo as vasilhas da marmita, arrumando o prato e os talheres na mesinha tosca e colocando o pãozinho de milho sobre o guardanapo.

— Bom apetite, Seu Nab.

Mais uma risadinha e ela ficou espiando, assim entre um tiquinho encabulada e outro tiquinho assanhada.

Apesar da fome e do cheiro gostoso da comida caseira, Nabucodonosor achou que já era o momento de se declarar. Passara a manhã lixando e pintando o casco do barco, enquanto meditava sobre o melhor modo de abordar o assunto. Ele esfregou os dedos manchados de tinta numa bola de estopa untada com querosene, pigarreou de leve, bateu as pálpebras com rápidas piscadelas, e se aproximou da Mafaldinha assim meio sem jeito. Sua voz, apesar do tom de seriedade tantas vezes ensaiado, agora ameaçava falhar:

— Dona Mafaldinha, eu gostaria de noivar com a senhorita, se me permite. É que estou deslumbrado de amor pela sua pessoa.

Ele parou de falar durante um minuto, e logo acrescentou:

— Com perdão pela ousadia, a senhorita aceita?

Pega de surpresa, Mafaldinha abafou o susto — um susto agradável — na risadinha, desta vez menos gorgeante e mais arfante.

O que dizer de volta, meu Deus? Aceitar ela queria, mas não tão depressa em dar a resposta. Bom mesmo era um namorinho antes. Mas precisava falar do assunto com a mãe.

Mafaldinha abaixou os olhos e começou a chorar. De alegria, mas Nab não sabia disso e pensou que era constrangimento.

— Falei bobagem, Dona Mafaldinha? Encabulei a senhorita?

Sem pensar nas consequências, Nab deu dois passos pra frente, abriu os braços e abrigou o pranto da Mafaldinha. Angustiado com a imprevista reação dela, mas também deliciado ao vê-la variar emoções — do riso às lágrimas, ele apertou-a num abraço muito terno que Mafaldinha adorou, e a fez voltar a sorrir, antes de uma risadinha, desta vez com nuances de ternura.

— Vou falar com mãe, Seu Nab. Acho que ela vai dar licença, porque ela apreceia muito o senhor.

Nab estava nadando na felicidade. Custou a desabraçar a futura noiva, e ficaram os dois juntinhos, até que Mafaldinha tornou a avisar que precisava pedir a licença da mãe. Ela saiu da oficina correndo, embora preferisse continuar naquele abraço tão carinhoso, sentindo o gostoso cheiro de tinta e suor misturados que impregnavam Seu Nab.

Dona Mafalda deu sua bênção, feliz da vida. Afinal, Nabucodonosor era o melhor partido da cidadezinha. A diferença de idade não era assim tão grande. Ela fez as contas: *trinta menos dezoito, dá doze. Uma diferença que equilibra o juízo,* pensou ela.

E a permissão do noivado foi recebida pela Mafaldinha entre gritinhos de alegria. Ela voltou correndo para comunicar ao Nab, e este recebeu a notícia dentro do abraço em que envolveu a futura noivinha. Desta vez, mais longo e apertado.

Mas Dona Mafalda torceu o nariz, ao saber dos planos de Seu Nab, de levar Mafaldinha para o meio do mar, *dentro de um caixote de madeira* — para ela, um barco era apenas isto — embora lixado, pintado e enfeitado com uma vela de pano. Contudo, guardou sábio silêncio a respeito.

Seu Nab então pediu audiência a Dona Mafalda para fazer o pedido oficial da mão de Mafaldinha. Animado, prometeu a si mesmo que ela ainda se apaixonaria pelo barco.

Com dedicação, retocou o casco do *Catamarã* com uma nova camada de tinta, pintando na proa dois corações e o nome do barco: *Mafaldinha.*

No dia em que a pintura do *Catamarã* ficou pronta, ele vestiu terno escuro, que não usava desde o enterro do pai e foi fazer o pedido. Dona Mafalda, já sabendo, assara leitoa para o jantar.

Nada pode ser perfeito. Durante o noivado, Mafaldinha, dengosa e amorosa, com jeitinho, deu o ultimato, entre risos: ou ela, ou o barco. Sonhava com casa em terra firme, marido voltando do trabalho. Nada de navegação pelo mundo. Ela nem sabia nadar...

E Nab, que sonhara diferente, comandando o *Catamarã* por esse mar afora, estava em xeque: ela ou o barco.

Dona Mafalda e a própria Mafaldinha cabalaram tantos votos, que os palpites começaram a aparecer:

— Olha, Nab, ela é boa que nem toca de garoupa. E intocada, até hoje. Vai trocar este peixinho por uma caixa dupla de peroba?

— Depois que você agarrá-la, obrigue a pequena a gostar de barco. Marido tem de ser obedecido!

— É pura ciumeira, Nab. Ela pensa que você prefere o barco.

— Depois que ficar presa com o primeiro filho, vai até implorar pra sair no *Catamarã*...

Na verdade, Mafaldinha levava vantagem, por causa do riso gorgeante e o bamboleio dos quadris. Nas noites de frio, barco não esquenta. E não joga olhar de amor enquanto serve a janta.

Nab estava meio transtornado: trabalhara meses e meses vibrando, fazendo planos de viagem, e agora tinha que escolher entre sua obra-prima e a obra-prima de Dona Mafalda.

Mafaldinha venceu.

Nab botava olhos tristes no *Catamarã*, mas a noivinha ria, dando jeito de consolar o noivo. Todas as noites servia sopa com tanto riso de promessa que Nab decidiu considerar outro palpite: “todo mal traz um bem”. Que bem maior do que o riso solto de Mafaldinha, arranhando a espinha dele como se fosse alfinete?

O casório foi na igrejinha, e a festança na Pensão Moderna. O bolo de cinco andares, com os noivinhos em miniatura no topo, uma chuva de arroz saudando os noivos e tudo o mais. A noiva, sorridente, exibia um vestido de cauda longa e véu tão branco quanto sua virgindade. O buquê foi atirado em direção das moças casadouras, e agarrado no ar pelo pulo de Joana Bamba, que o beijou cheia de esperanças.

Os anos se foram com a correnteza e a vida dos dois teve muito das marés.

A oficina continuou fabricando barcos de vários tipos, à vela e a motor, de alta e baixa velocidade. Deslizadores, voadeiras, tudo que saía levava suspiro de Nab. A resignação era sua marca registrada. O *Catamarã*, coberto com uma lona, ficou encostado no fundo da oficina.

Dona Mafalda vendeu a Pensão Moderna e fez mudança para o Rio. Após um ano Mafaldinha também arrumou trouxa e foi visitar a mãe.

Nab passou, então, a entrar na oficina mais cedo. Saía também mais tarde. E a Mafaldinha não regressava da visita à mãe.

Terrivelmente saudoso, Nab colocou outra tabuleta na entrada da oficina:

"FECHADA PARA FÉRIAS DE QUINZE DIAS"

E foi visitar a sogra, no Rio, pois não aguentava mais de saudade da Mafaldinha.

Voltou três dias depois, tristonho e desapontado, mas sem lamentos e explicações. Sua discrição a respeito da curta e infrutífera viagem, foi recebida com amigáveis olhares de compreensão e as fofocas proliferadas nunca chegaram aos seus ouvidos.

Após alguns dias, Nabucadonosor tomou coragem e entrou decidido na oficina. Ergueu a capa de lona que abrigava o *Catamarã*, e admirou mais uma vez o barco que considerava sua obra-prima.

De repente, imaginou uma cena maravilhosa:

Ostentando no mastro a bandeira do Brasil, o Catamarã *recebia o batismo da garrafa de champanhe no cais apinhado pela multidão, entre os aplausos de parabéns que Nab recebia com lágrimas nos olhos. Ele, empunhando o timão, levava o barco pelo mar brasileiro afora. Destemido e garboso, o* Catamarã *ia também aportando em outros continentes, dominando ondas gigantescas e resistindo à violência das tempestades.*

Como ele fora cruel, trocando aquele admirável fruto de seu trabalho e de sua persistência pela Mafaldinha, obra ingrata de Dona Mafalda...

Resolveu retocar com nova mão de tinta o belo casco, apagando os dois corações e o nome da Mafaldinha, uma desastrosa ideia anterior, instigada pela sua maldita paixão.

Começou a decorar o interior do *Catamarã*. Estocou água e provisões. O trabalho e os planos o estimulavam, devolvendo-lhe o entusiasmo pela sonhada volta ao mundo.

Não aceitaria mais conselhos nem palpites, só daria atenção às suas próprias decisões.

Continuou fechando a oficina às 5 horas da tarde e ia então brindar ao seu rejuvenescido estado de espírito, no botequim do Zé Tainha.

Também trocou a tabuleta na porta da oficina:

“PALPITEIROS, SÓ DEPOIS DAS CINCO”

Quando, então, não estaria mais lá pra escutar palpites...

∞

DE ALGUMA PARTE NO ATLÂNTICO

Palavras vindas do mar,
Palavras que voltam ao mar...
Rabiscos secos na areia úmida,
Soluços que a alma escreveu,
Na esperança de se salvar...

☆

DE ALGUMA PARTE NO ATLÂNTICO

Filé de Cação pôs um ponto-e-vírgula na prosa com os companheiros de pesca, pois tinha serviço especial que poderia render muito mais do que costumava ganhar com biscates. Após a noite anterior com olho despregado, pescando, e o sudoeste a curtir-lhe o couro, Filé sonhava agora com a rede embalando-lhe os ossos. Mas dinheiro tinha sua cor e *Ventania* precisava de consertos.

— Bem, vamos ao trabalho!

Desgrudou o corpo das tábuas do cais onde descansava e com carinho puxou o cabo do barco. *Ventania* veio vindo, lenta e tranquila.

— Vai bater! — gritou alguém.

— Bater nada! — resmungou ele.

Apesar do dia bonito, um ronco de chuva desceu e se espalhou no mar.

— A dona tem medo d'água? — perguntou ele à moça que o contratara.

— Água de cima ou de baixo? — respondeu ela, também perguntando, e pulou no convés.

Ele sorriu, encabulado. Explicou que ia cair muita água do céu, antes de escurecer.

O motor, num engasgo de tosse, pegou sem pressa.

Saíram para fora da baía. O serviço de Filé era dirigir o barco e deixar a moça filmar em paz. Iam beirando a costa e ela fotografava cenas muito especiais: galinhas passeando com patos, uma criança barriguda de chinelo e camiseta que tirou o dedo do nariz e acenou para eles. E mais adiante, o cachorro preto que perseguia uma vaca branca, latindo na correria. Tudo perfeito para o dia quente.

A conversa de Filé era uma lengalenga preguiçosa, também própria de dia quente.

Antes do mar encrespar-se, apareceu um peixe-voador, todo ele peripécias, pássaro azul do mar.

Rodearam lajes emplumadas de gaivotas e ilhas folhudas de tinhorões, onde árvores espichavam suas raízes entrelaçadas sobre as pedras úmidas.

Do continente vinham estremecimentos de verde e cheiro de casas e gente fazendo almoço, chaminés assoprando fumaça.

— Diminui, Filé!

O motorzinho desengasgava-se.

— Zarpa!

E lá iam eles numa disparada sem exageros.

Ouviram novo ronco, desta vez mais forte. O vento começou a medir forças com o mar grosso, mas Filé não se alterava.

A "água de cima" desabou meia hora mais tarde. A princípio miúda, tamborilando na coberta do barco, depois caiu em cheio, formando cortina transparente entre eles e o continente. O toldo estalava e o casco subia com a onda. E a água escorria compassadamente no interior do barco.

— Olha, dona, vamos sossegar num lugar protegido. É melhor pra nós três.

Disse isto sem pânico, mas ela sabia que o maior cuidado dele era pelo barco.

O vento é que faz o mar. E ventava tanto que as ondas escorregavam dentro do convés, encharcando-o.

Entraram no Saco do Céu, que surgiu como um céu verdadeiro. O mar arredonda-se lá dentro. Quase um lago, a beira do círculo variando pedaços de praia e de pedras exibindo ostras. Algumas casinhas e a capela cor-de-rosa, montes fazendo ciranda, ao redor.

Filé jogou a âncora, voltando para a parte abrigada do barco.

— Quanto mais longe de terra, melhor, dona. Daqui a pouco vai serenar e aí a gente volta.

O barulho da chuva no teto tornava aquele espaço protegido mais acolhedor. Ela procurou trazer à tona as aventuras de Filé. Ele agradeceu sua atenção com sorriso modesto e disse que não tinha aventuras.

— Nenhuma, Filé?

— A gente se acostuma com esta vida, dona, e tudo vira normal. Até tempestade.

— Você já pensou se isto aqui fosse o fim do mundo e nós ficássemos sem saída, que tal, hein? Uma bela aventura...

O velho sacudiu a cabeça, rindo, mas desgostando da ideia.

— Vamos, quero saber.

Filé coçou o pescoço, levantando o queixo. Fazia um grande esforço para pensar. Certamente, não tinha este hábito.

— Ora, sempre tem saída, dona.

Ela acabava de tirar as duas garrafinhas de refrigerante da sacola. Ofereceu uma ao Filé, que aceitou, e ergueu a outra acima deles.

— Aqui estaria a nossa salvação, Filé!

Ele não compreendeu, mas tornou a rir, balançando o corpo.

— Sabe de que modo? Eu escreveria um bilhete pedindo socorro, colocaria na garrafa e soltaria ela no mar, boiando... E deixaria a esperança esperando...

Ela estava brincando, mas Filé abriu muito os olhos, sacudiu a cabeça e, sem alterar a voz, falou, mais consigo mesmo:

— Vai ver, foi isso que ele quis fazer.

— Ele quem?

— Sei lá, dona. O tal gringo que botou escrita enrolada nuns pedacinho de papel. Pensei que era coisa de estrangeiro de porre. Vai ver que o motivo é isto que a senhora deu ideia agora. A senhora conhece língua estrangeira?

Ela esperou ele beber alguns goles do refrigerante, e pediu:

— Me conta direitinho, Filé, do começo. Eu conheço algumas línguas estrangeiras...

Ele deu uma risadinha, prometendo uma estória que seria contada sem pressa.

Limpou a boca na manga da camisa e com sua voz arrastada, contou:

— Eu puxava o arrastão, de tardinha, com o cumpadre Cosme e o Zé Azeite. A rede veio vindo, cheia de peixe miúdo, numa pulação de caratingas e palombetas. No meio dos peixes estava uma garrafa esquisita, arrolhada. Com muito custo a gente desarrolhou ela. Dentro, tinha umas folhinhas de papel sequinhas com escrita, que ninguém entendeu, porque cumpadre não sabe ler e o Zé Azeite achou que era uma língua-outra. Eu também. Aí nós desistimos, aquilo parecia brincadeira de gringo empilecado, dono dessas voadeira granfa que passa por todo canto, fazendo marola e azedando a paciência da gente. Guardei a garrafa porque era diferente. Até já tinha esquecimento do caso. Agorinha, a senhora me alembrou.

Ela não ouvia mais a chuva, nem sentia o balanço do barco. Sua atenção, voltada somente para Filé de Cação e seu caso.

— Mas Filé, isto não é coisa de se esquecer. Não é de se jogar fora!

— A senhora sabe, gente do mar não dá muita bola pra isso. Só guardei a garrafa porque era diferente.

— E os pedacinhos de papel, Filé, você guardou?

Ela fez a pergunta com ansiedade, torcendo, no íntimo, para que ele não os tivesse destruído.

— Nem sei por que guardei. Deixei lá, dentro da garrafa.

— Ah, Filé, como eu gostaria de ver a garrafa e as folhinhas de papel... Quando voltarmos, você me mostra? Tem de me mostrar!

— Mostro sim, dona, mas não é preciso esperar até a volta, porque eu guardo meus bagulho aqui mesmo no barco.

Os olhos dela estavam brilhando de curiosidade e Filé sentiu-se importante, gostando de causar sobressalto. Levantou os ossos do banco e entrou na cabine minúscula. Ele se sentia útil, estava contente em possuir algo que ela gostaria de possuir. De um momento para o outro, ele era o mais importante.

A garrafa, desconhecida, uma garrafa fora de moda. As folhinhas de papel, provavelmente arrancadas de um pequeno bloco, estavam lá dentro, enroladas e amareladas. Filé retirou-as com o dedo, tomando um cuidado que nunca tivera antes. Daquilo dependia sua súbita importância e talvez uma boa gorjeta.

A "escrita-enrolada" era uma caligrafia antiga enfraquecida pelos anos. A "língua-outra", inglês. Alguns borrões, data e uma espécie de verso.

Ela leu devagar, em silêncio. Terminou de ler com um suspiro.

— Filé, posso guardar tudo isto? Darei em troca o dinheiro que você quiser.

Ele era humilde e simples mas tinha sensibilidade para notar a forte impressão que a leitura causara na moça.

— Pode ficar de presente, dona. É alguma coisa importante?

— Obrigada, Filé. Para mim é importantíssima. Imagina, uma carta escrita por Jennifer, uma jovem inglesa que ficou náufraga numa ilha deserta. Veja, escrita e lançada ao mar há tantos anos! É incrível como veio a mim... Vou traduzir pra você.

Filé concordava, balançando a cabeça em silêncio, mas sem compreender direito aquela informação toda.

E ela começou a traduzir para o português, em voz alta.

Até a chuva estancou de repente, como se também quisesse escutar:

De alguma parte no Atlântico
Suponho que ainda seja agosto
1942

Para você que está lendo esta carta:
Eu sou Jennifer, de Liverpool, Inglaterra.

Estou naufragada, não sei desde quando, numa praia deserta — talvez numa ilha? —, após o navio onde eu servia como enfermeira desta maldita guerra, ter sido torpedeado. Acho que todos que estavam a bordo morreram, e só eu me salvei. Meu bloquinho de notas e minha caneta também se salvaram no bolso do meu uniforme e eu esperei eles secarem para escrever esta mensagem, pois estou ansiosa para me comunicar com alguém, mesmo que seja pessoa desconhecida. Sempre gostei de escrever, especialmente poemas, e é isto que eu faço de dia, escrevendo na areia com o galho que apanhei da árvore que tem sido meu abrigo. À noite, deitada na praia sob os galhos folhudos da árvore, contemplo as estrelas e me inspiro para os poemas que escreverei no dia seguinte e que as ondas, se desenrolando na areia com beijos de espuma, virão buscar. Este lugar é lindo, com árvores frondosas, muitas delas apinhadas das frutas com que me alimento. E com flores desconhecidas que tentam alegrar minha solidão. Se Deus é a própria natureza, Ele está me envolvendo num abraço divinamente consolador. É assim que eu rezo. Dedicar a Deus poemas é a minha forma de rezar:

Eu lhe agradeço, Senhor,
pela dádiva desta divina natureza
que me abriga e me ajuda com sua beleza
a suportar a angústia da solidão...
Enquanto sinto o calor do sol brilhar,
e na magia das noites de luar,
vendo as estrelas se refletirem no mar,
sinto minha esperança subir ao céu
e Vossa benção me cobrir como um véu

me trazendo, com alegria, a salvação...

Vou colocar esta mensagem na garrafa que encontrei na praia — deve ter sido lançada ao mar, de alguma embarcação —, e também a jogarei nas ondas que vierem buscar meus versos.

Espero que você seja sensível e me compreenda.

Adeus!

No curto silêncio que se seguiu ao final da leitura da carta, com sua tradução feita pela passageira de Filé, ouviu-se o largo suspiro que ele deu. Fungou alto como se tivesse, afinal, compreendido o sentido da mensagem, e estivesse emocionado. Pescadores também se emocionam, mas em geral é com o peso dos peixes que pescam, e suas qualidades especiais. *Mas aquilo que acabava de escutar era muito tocante*, pensou Filé:

— Que coisa rara de acontecer, hein, dona?

— Muito rara, Filé.

Ela guardou na bolsa a garrafa contendo a mensagem e agradeceu mais uma vez o presente, deixando Filé-de-Cação encabulado, mas também radiante com a polpuda gorjeta, acrescentada ao preço do passeio a bordo da sua traineira.

— Muito obrigado, dona. Vou poder comprar todo o material pra consertar as necessidades de *Ventania*.

Deu uma risadinha e baixou a voz no tom de confidência:

— Assim vou poder encontrar mais coisa *rara* que o pessoal gosta de jogar no mar...

Sorrindo, ela deu uma palmadinha afetuosa no ombro dele. E ficou imaginando algum dia ir a Liverpool e procurar ali alguma Jennifer que tivesse sido enfermeira durante a *maldita guerra.* Ou alguém de sua família, ou alguém que a tivesse conhecido. Levaria a garrafa e a mensagem para mostrar.

Mesmo após tantos e tantos anos, Jennifer certamente aprovaria isto.

E se ela, já velhinha, ainda estivesse viva? Gostaria de saber que sua carta havia inspirado uma estória?...

∞

DIÁRIO DE BORDO

Diário de bordo
escrito em noites de lua,
dentro da solidão
de alguma noite mais escura...

☆

DIÁRIO DE BORDO

Em Itacuruçá, o casal negocia a compra da lancha *Medusa,* que pontifica no pátio do novo clube. Suas linhas clássicas exibem nova camada de pintura, o que a torna mais atraente.

Ambrósio, o jovem corretor, avalia o potencial dos compradores e o fato relevante de aceitarem o preço sem pechinchar.

Em terra firme e nas conversas-de-mar, aquele casal já ganhou, há tempos, apelidos que eles próprios talvez ainda desconheçam: "o Inglês e a Noiva".

Realmente, o sangue dele e seu sotaque são de uma outra margem do mar. Ele está sempre usando bermudas e camisas de mangas curtas em cores vivas, boné de marinheiro e um par de congas que lhe dão agilidade aos pés. O cachimbo, quando não está sendo sugado — o que ele está sempre fazendo com prazer — fica dependurado no sorriso, para o prazer de quem o recebe.

Ela é toda tropical, na moreneza da pele, realçada pelos cabelos cor de cobre, mesclados de luzes douradas; e no seu modo praiano de usar a coleção de biquínis coloridos que combinam alternadamente com as faixas do chapéu de abas largas.

O Inglês aponta para a lancha com o cachimbo, dizendo:

— Que sorte a nossa encontrá-la à venda. Costumávamos admirá-la quando passava por nós, dirigida pelos antigos donos.

A Noiva, sorridente, comenta:

— Não chegamos a conhecê-los bem, mas sempre nos acenávamos amigavelmente...

Faz uma pausa ligeira e acrescenta, piscando o olho com graciosa malícia:

— Acho que discretamente nos espionávamos...

O Inglês acha graça com uma curta risada, concordando. E ajunta:

— Vendemos a nossa lancha porque fomos morar algum tempo no exterior, onde nos dedicamos ao golfe. Mas agora que estamos de volta queremos continuar navegando neste paraíso.

Dá mais uma olhada em direção à lancha e afirma:

— Eles vão sentir saudades da *Medusa*. Tiveram muita coragem de colocá-la à venda. É linda e parece muito confortável.

O corretor meneia de leve a cabeça:

— Eles nunca venderiam *Medusa*. Seus herdeiros é que a colocaram à venda.

O Inglês e a Noiva fitam o corretor com olhares indagadores, mas disfarçam a curiosidade, aguardando novas informações.

Ambrósio empresta à voz um tom lastimoso, ao contar:

— Os proprietários da *Medusa* simplesmente sumiram no fundo do mar. Deve ter surgido algum problema que eles não conseguiram resolver... Devem ter morrido e a correnteza os arrastou para longe. Uma tragédia que nos abalou a todos.

Fica alguns minutos calado, antes de repetir:

— Simplesmente sumiram...

O Inglês exclama, entre uma e outra cachimbada:

— Oh...

Sua Noiva franze o rosto untado de protetor solar e murmura:

— Ah...

E eles três mergulham num respeitoso silêncio, mas tão eloquente que diz mais do que palavras.

Mas de repente Ambrósio se dá conta de que os compradores poderiam ser supersticiosos, e a informação inquietante que acabara de dar poderia sabotar a venda da lancha. Então, troca o lamento da voz pelo tom ansioso de quem gosta de decifrar mistérios:

— Não se pode ter certeza daquilo que realmente aconteceu. O destino é implacável e o que está destinado a acontecer, acontece. Mas absolutamente nada tem a ver com *Medusa*. Seus motores são excelentes e ela continua in-tac-ta!

A palavra intacta foi silabada com ênfase. Ambrósio deixa escapar um longo suspiro, depois sorri de leve, dizendo:

— Convenhamos que, para quem tanto amava a vida no mar, a despedida deles da vida teve algo de misteriosamente romântico...

O ar de dúvida que o casal demonstra no semblante pode ser traduzido por um *tenebrosamente romântico*...

Ambrósio, aflito, mas procurando parecer natural, apela para seu santo de devoção, prometendo em pensamento à sua igrejinha dez por cento da polpuda comissão que certamente receberá pela venda da lancha.

Para alegria dos três, o Inglês afinal compra *Medusa*.

Deleitado, o corretor parabeniza o casal pela excelente aquisição, e estes rumam diretamente para a lancha, ansiosos pela nova aventura no mar.

☆

Enquanto o Inglês, no comando, coloca os motores em funcionamento, sua Noiva desce à cabine, que mantém a mesma antiga arrumação nos armários, onde um generoso recheio fora incluído na venda da lancha: arpões, cobertores, impermeáveis e macacões de neoprene para mergulhos submarinos.

Há também uma surpresa para os novos donos: protegido pelo envelope de plástico, está o caderno de capa dura verde, com a etiqueta colada revelando:

"Diário de Bordo"

Curiosa, ela abre o caderno e começa a ler as palavras escritas numa bela letra cursiva. Continua lendo enquanto sobe ao convés e se deita num dos almofadões de plástico.

Durante a leitura, ela vai assimilando a compreensão pelos sentimentos da autora do diário. Ao mesmo tempo, se ressente ao invadir a privacidade de uma estória pessoal que não lhe pertence, embora ela e o Inglês surjam, em certos trechos, como personagens. Mas não resiste e continua lendo:

A bordo da Medusa
5 de fevereiro

Quando chegamos hoje cedo em Itacuruçá, ruas e casas amanheciam em tons de cinza. Sem sol, mas também sem chuva, apenas molhadas pelo aguaceiro da véspera.

A cavaleiro sobre o mar já estava Medusa, bela e branca, esperando, igual nos velhos tempos. Os olhos de Tônio ficaram dizendo muita coisa em silêncio e mergulharam com ternura dentro do mar à nossa frente.

A cidade ainda é cheia de pitoresco e os meninos ainda lambem picolés salgados. O povo ampliou-se, subiu a ilha. Casas novas crescem no mato. A frente do pequeno clube já está cheia de lanchas.

Gostei de ouvir pessoas mexendo-se e falando à nossa volta e o rádio do botequim cantando alto, igual antigamente.

Observei Tônio várias vezes, durante nossa viagem de carro. Ele esteve o tempo todo bem, numa alegre expectativa de retornar aos mergulhos. Acho que ele está completamente curado. Uma pílula de manhã evita a maldita ansiedade o dia todo. Voltar à pesca lhe fará bem.

O sol ameaçou, ainda fraco, esfiapando nuvens, enquanto fazíamos compras. Após tanto tempo, o dono da fábrica de gelo nos reconheceu. Falaram de peixes e os dois estavam alegres. Isto me alegrou, também.

Encontramos o velho lobo dinamarquês de sorriso juvenil e sobrancelhas grisalhas e temperamentais. Saltou da bicicleta, o corpo enorme metido numa bermuda branca, pernas enroladas em meias grossas. Bateu-nos no ombro e sacudiu o rosto, como se não nos visse apenas desde o último domingo.

Ajudou-nos a carregar a lancha. Ele não mudou. Tem a mesma cara trazida de sua terra, apenas menos leitosa, queimada pelo sol de Itacuruçá. Também não fez perguntas. Partiu as duas pedras grandes de gelo, colocando-as na geladeira de bordo. Depois, acendeu o cachimbo de sabugo e ficou quieto, sugando-o. Agradecida pela ajuda, ofereci-lhe o copo de cerveja que ele virou de uma só vez.

O mecânico veio dar a última espiada nos motores. Ouvimos o coração de Medusa pulsar. A claridade bateu em cheio no rosto magro de Tônio e seus cabelos ralos e brancos voltaram, na minha imaginação, a ficar louros. O mar inteiro parecia entrar em seus olhos verdes, um mar não agitado e perigoso. Apenas águas cintilantes, penteadas pelo vento leve.

Ele abriu a porta da cabine e destampou a gaiuta, pulando para fora. De pé na proa, achei-o belo como antigamente.

O mecânico limpou a graxa das mãos com um bolo de estopa e o lobo-do-mar dinamarquês bateu o cachimbo na amurada, espalhando cinzas ao mar. Eles se afastaram no caíque, duas vozes se distanciando misturadas às batidas de remos na água. Tônio, peito nu riscado de costelas, recolheu a âncora.

Uma lancha corria em nossa direção. Já perto, diminuiu a marcha. Passou devagar, a loura na direção. Ela ainda sorri, olhos muito claros e dentes muito brancos. Pude vê-los bem, o Inglês e a Noiva. Depois de tantos anos, quase não mudaram. Brindaram-nos, os copos erguidos no ar. De ouvir dizer, soubemos que ele é inglês, e ela sua noiva, daí seus apelidos.

É incrível como distância e tempo não significam realmente grande coisa. Gostaria de saber se eles afinal se casaram. Quantas vezes paramos lado a lado em pernoites na Ilha Grande. Eles nadavam ao luar e eu podia ouvir suas risadas ecoando entre os rochedos. Dava gosto admirar-lhes a animação, sempre rindo e pescando juntos. Ele fumava um charutão, se o cachimbo não estivesse no canto da boca. O vento nos trazia cheiro de fumo. Durante todos estes anos, minhas recordações de bordo ficaram misturadas ao forte odor de tabaco.

Não sabíamos nossos nomes, não trocamos endereços. Ele era apenas o Inglês. Ela, a Noiva. Não sei até hoje o que nós éramos para eles. Só nos víamos nos fins de semana. Nunca nos falamos em terra.

Até que Tônio descobriu a Ponta do Varejo. Pedaço de cauda da Marambaia, batida pelas ondas com raiva, estourando espumas altas. Robalos e garoupas, pampos, vermelhos passeavam no fundo, inventando tocas nas fendas das pedras descidas. Durante semanas, Tônio escondeu o lugar. Egoísmo de criança que esconde o brinquedo favorito.

Um dia, antes de lá chegarmos, avistamos a lancha deles, embalada pelas ondas, a Noiva deitada no banco de popa. Nossos barcos ficaram algum tempo sacudidos lado a lado, erguidos na ponta das vagas.

Tônio voltou sem peixes. Quando tirou a máscara, seu rosto estava marcado pela borracha da máscara e pelo mau humor. Seus olhos refletiam o brilho metálico de arpões em ataque. Hoje sei como ele estava frustrado: na lancha vizinha, o Inglês acabava de atirar ao chão um magnífico robalo.

Tônio só falou depois que recolhemos a âncora. Tinham roubado nosso peixe. Ele o havia descoberto. Preciso, alerta, estudando o ataque com cautela, espreitara. O Inglês deve ter surgido do outro lado. Surpreendendo o peixe em fuga, o arpoara antes.

O tempo fechou-se, como sanfona. O espaço entre ontem e hoje existe, mas a gente não pode ver.

Hoje, a Ponta do Varejo nos recebeu, vibrando. As ondas já não sentem raiva. Agora batem doidamente nas pedras, mas de alegria.

Tônio mergulhou. Deitei-me no banco de popa, aprendi isto com a noiva do Inglês. Adormeci. Acordei com peixes pulando no chão. Antes de abrir os olhos, já podia sentir o cheiro forte de maresia e ouvir-lhes os movimentos de dor. Debatiam-se, tentavam saltos, numa última necessidade de usar as forças. Tônio gritou: — Este lugar ainda gosta de mim!

Não sei por que escrevi tanto. Precisava escrever. Tônio dorme.

O sol é uma cereja enorme e muito vermelha, afundada no mar, tornando-o um coquetel rosado.

Montanhas tomam formas humanas.

Daqui a pouco vai ser noite.

Vaga-lumes piscam e repiscam e eu pisco de sono para eles. Acima de nós, um milhão de estrelas.

A bordo da Medusa
6 de fevereiro

Bem cedo, a Ilha da Gipoia, verde e comprida, alongou-se atrás de nós, esparramando suas formas. Estávamos ancorados perto de uma laje, ilhota de pedra com o boné de cactos no cocuruto. Foi emocionante ouvir novamente as gaivotas, seus guinchos suplicantes e quase humanos. Desesperadas, num voo de guerra, ameaçaram, quando nadei até a ilha e escalei a pedra. Foi difícil convencê-las de que eu não lhes tocaria nos ninhos.

Tônio recebeu cores novas de sal e sol. Como antes, num salto sobre os últimos anos. Como antes, ainda o amo enormemente.

Mergulhei. Ansiava pela antiga aventura. Ainda me lembro: graduar a fivela dos óculos e cuspir no vidro para limpá-lo. Calcei as nadadeiras. Senti-me estranha. Enchi meus pulmões de ar e o espírito de coragem. Comecei a descer pelo cabo da âncora. O casco úmido da lancha refletiu um monstro grande e escuro. Sobre a minha cabeça, a água fazia teto. A âncora solitária, esperando, no fundo. Não consegui chegar até ela.

Voltei rapidamente à tona. Meus tímpanos quase explodiram, os ouvidos ameaçando estourar.

Tônio aproveitou a maré baixa para apanhar ostras. As pedras estão salpicadas de conchas, grudadas muito juntas, parecendo pétalas de flores, rosas cinzentas desfolhadas sobre o granito. Ele batia na chave de fenda com o martelo e as conchas iam se abrindo. Algumas, tão velhas como nós. O martelo soava na praia, som íntimo que voltava para nós. Tônio deu as ostras menores para os caranguejinhos desconfiados.

Lembrei-me, então, do Inglês. Estariam pegando caranguejos na Restinga? Quero pisar de novo a areia branca da Restinga, onde as patas das gaivotas desenham estrelas e as conchas duplas abrem asas de borboletas.

Viemos pernoitar defronte ao pé de carambola, na Enseada dos Cocos, onde coqueiros tortos e coqueiros retos não param de crescer. Quando o vento bate, suas folhas inclinadas parecem cocares solenes coroando índios de pernas compridas.

Na praia, a mulher cheia de moleza, apoiada na tarrafa das redes, espia os meninos que ajudam pescadores no arrastão, vozes declinando versos de pesca. Ela usa saia de intrincada estampa e camiseta branca.

Tônio estuda a carta e eu descrevo o que aparece à minha frente.

As vozes, em terra, param de cantar. Dentro da rede pulam e rosnam peixinhos cor de prata e galinhas vão ciscá-los. Nunca tinha visto galinha comer peixe.

De longe, vem vindo o ruído engasgado de uma traineira.

Tudo estranhamente perfeito. Grilos acompanham a cantoria da cigarra. Ouvimos, neste instante, música de mil insetos.

A paz chega ao coração da gente, devagarzinho, e toma conta.

Sinto vontade de abraçar o mundo. É quase possível fazê-lo, deste lugar.

A bordo da Medusa
7 de fevereiro

Tônio pegou uma tartaruga. Paramos antes da Ponta Alta da Parnaioca. Estávamos sobre um mar de safira. À nossa frente, agarradas na rocha nua, serpentes de cactos imobilizavam-se ao sol. Pontas voltadas para o céu, como cabeças angustiadas.

Ele trouxe a tartaruga presa ao arpão, mas viva. Respirei aliviada e agradecida por tê-la conservado assim. Odeio matar.

A Parnaioca lembra um lagarto pré-histórico, descansando nas patas, pronto para devorar. Dentro da baía, surpreendemos a lancha do Inglês. Ele examinava o motor. A Noiva, de pé na praia, o cabelo molhado grudando-lhe no pescoço e na testa. Acenaram para nós. À medida que nos afastávamos, o biquíni vermelho dela foi encolhendo e dentro dele o corpo bronzeado. A lancha deles também encolheu, reduzida ao ponto branco entre céu e oceano.

Soltamos a tartaruga diante dos rochedos rachados. Ela soltou uma infinidade de bolhas que subiram à superfície. Numa rapidez que não combina com tartarugas, ela fugiu em linha reta.

Recebemos a visita de um pescador, de pé na canoa. Sua conversa rústica veio direta ao coração. Tornou-se mais falante após o gole de cerveja que lhe oferecemos. O menos conversador sempre desamarra a língua depois de alguns goles. Tônio quer saber onde estão os peixes maiores.

Não tem chovido e a água vai estar clara e limpa. Tão clara que a gente sente vertigens quando olha o abismo de areias e pedras, no fundo do mar.

No começo, tudo parecia um sonho.

Agora, os momentos estão ficando reais.

A bordo da Medusa
8 de fevereiro

A sombra preta daquele urubu afogado ainda não desapareceu no mar. Aprendi que urubus também se afogam. Eles não podem fugir voando, apesar das asas.

Vimos a mancha escura parada na areia desenroscar-se e crescer para os lados, tentando uma decolagem que saiu malfeita. Escorregou em volta de si mesmo e foi bater na água. Boiando, o pescoço encompridado para o alto, parecia completamente à vontade. Dava mesmo a impressão de estar gostando.

Foi horrível descobrir que ele se afogava. Minha aflição rodeou-o, como um salva-vidas. Ele estava exausto, mas boiava com majestade. Pobre urubu. Morreu tão cheio de discrição, e eu não pude salvá-lo.

Mergulhamos, descendo sobre as pedras chatas, cobertas de ouriços cabeludos que habitam o fundo do mar.

O sol também mergulhou conosco, iluminando algas, mariscos, estrelas-do-mar e as escamas dos peixes miúdos. Tudo brilhava, numa festa de fundo do mar. Frades, pintados, miras, sargentos, num voo rápido, às escondidas. Cardumes de tainhas passavam diante de nós como aviões de caça.

Surpreendemos o badejo. Ele parou, de frente, e olhou-nos cheio de curiosidade. Acho que se ele tivesse um arpão, teria nos arpoado. Fugiu e Tônio foi atrás, parecendo também um badejo negro de ficção, vestido de neoprene, nadadeiras batendo em câmara lenta. Eu seguia atrás de Tônio. Meus cabelos, transformados em algas amareladas, flutuavam do outro lado do vidro.

Tônio empunhou a arma, estudando a fuga da presa. Fez cálculos rápidos. Íamos deslizando para mais fundo, em silêncio.

Quando o metal faiscou de encontro aos raios de sol, também mergulhados, o ruído soou seco, debaixo d'água. Parecia um espirro. O arpão, num arremesso de flecha, atravessou a carne do peixe.

Tônio puxou o cabo e o badejo subiu aos pulos, numa frenética tentativa de liberdade, coitado. Sempre sinto pena do peixe arpoado. Mas gosto do seu sabor, depois de cozido...

Tônio tremia de emoção, ao jogá-lo dentro da lancha. Suas mãos, ainda molhadas, custaram a acender o cigarro. Os olhos vidrados pareciam bolas de gude, brilhando com o sucesso da pesca.

Neste momento, a linha curva do horizonte está mais distante, a cordilheira fazendo muralha. Nenhum barco. Ninguém. Só Tônio, o badejo e eu.

A bordo da Medusa
9 de fevereiro

Fez calor violento, o dia inteiro. Continua fazendo.
Rodeamos ilhas de mata desgrenhada.

Há pouco, despi-me e nadei na água morna, riscando linhas fosforescentes com as mãos e os braços. A noite no mar tem esta qualidade linda.

Vou parar de escrever porque relâmpagos estão cruzando o céu, duelo de lanças sob nuvens pesadas. Daqui a pouco elas explodirão, já roncam junto com Tônio. O sono dele deve estar atormentado de peixes e pescaria. Posso ouvir seus sonhos agitados.

A bordo da Medusa
10 de fevereiro

Ontem à noite o céu desabou.

O primeiro relâmpago foi comprido e esticou-se até onde o mar acaba. Clarões iluminaram terras escondidas no escuro, dando-lhes formas e contornos. O vento sacudiu Medusa *e varreu violentamente o mar.*

Tudo ocupando o mesmo instante. Pingos grossos se esborracharam no teto da lancha, unidos num só aguaceiro.

Admirada com o encanto selvagem da tempestade, subi para apreciá-la. Lembrei-me do urubu afogado, apesar das asas.

Tônio acordou, e veio me fazer companhia, entusiasmado com o aguaceiro que despencava do céu, entre raios e trovões.

Espero que o Inglês e a Noiva estejam ancorados num bom abrigo. É curioso pensar neles num momento de perigo. Criei um elo invisível entre nós, e desejo que eles se protejam da tempestade.

Hoje de manhã o sol entrou na cabine e a brisa trouxe cheiro de terra. O mar parecia ter engolido a mata inteira e as poucas nuvens que tinham sobrado no espaço, refletindo tudo na claridade verde das águas.

O Pico do Frade tentou novamente espetar o céu, e quase conseguiu. Está tudo tão bonito e tranquilo, lá em cima das montanhas caladas.

Mergulhamos, flutuando sobre jardins de algas e flores que balançavam, onduladas pela correnteza, lembrando capinzal ao vento. Raios de sol, setas verticais, formavam cortinas de névoa à nossa passagem. Madrepérolas faziam arco-íris.

Tônio deixou escapar vários peixes. Só quer o maior. Mergulhando fundo, a pressão nos meus ouvidos tornou-se insuportável, e comecei a ouvir como se galhos e folhas secas estivessem crepitando ao fogo, e como se conchas estivessem sendo moídas junto aos meus tímpanos.

Não desisti, porém. Continuei seguindo-o. Ele ia à minha frente, deixando atrás de si um rastro de bolhas. Conseguimos descer até o fundo do mar...

De repente, a água tornou-se turva. Tônio era apenas uma larga mancha. As setas de sol desapareceram. Se eu subisse à tona o mundo se transformaria em luz. Contudo, esperei.

Não sei como o pavor é medido. O meu alargou-se nas dimensões do mar, naquele momento terrível em que senti nas costas a espetada fria e pontuda do arpão. Talvez já pressentisse, pois virei-me rápida e vi a mancha se movendo. Rapidamente, voltei à superfície protetora.

Tônio está muito aborrecido porque deixou escapar um peixe enorme. Foi dormir mais cedo e tinha os olhos atormentados. Acho que ele me confundiu com um peixe. Estou com frio na alma.

Preciso escrever. Assim, melhoro esta angústia.

Que noite estranha. Há pouco, veio barulho do mar. Parecia alguém nadando. O ruído repetiu-se e ganhou volume.

Joguei na escuridão a luz da lanterna. Avistei peixes gordos numa orgia louca e não era delírio. Como se estivessem todos embriagados, saltavam, mergulhavam, davam rabanadas no casco da lancha. Punham as cabeças para fora, me provocando. Tentei persegui-los com a lanterna, mas a luz não era bastante forte para surpreendê-los voando. Pareciam morcegos, mas morcegos não dão cambalhotas dentro d'água.

Vou embrulhar-me no cobertor. Por onde andarão o Inglês e a Noiva?...

A bordo da Medusa
11 de fevereiro

Houve tempo em que Tônio jamais mataria um mero. Achava covardia. Mas hoje arpoou o mais inocente deles todos: quase baleia, de tão grande, com expressão meiga no rosto simplório, o peixe abriu a boca desdentada, uma cratera extinta. Cem quilos assustados de mero, surpreendidos à entrada da toca, sem ao menos tentar fugir.

Mas Tônio ainda quer o peixe maior. Não está contente. Entregou-me um arpão e pediu-me para ajudá-lo, amanhã. Até agora tenho mergulhado sem arma. E se não conseguir usá-la? Já faz tanto tempo...

Estou sentindo um cansaço muito confortável. Devo estar imaginando este barulho engasgado de motor que se aproxima. Bem poderia ser a lancha do Inglês, vindo pernoitar aqui. Se o vento trouxer o cheiro de fumo, não estarei sonhando. Preciso fazer amizade com eles. Lá em Angra dos Reis ouvi dizer que a Noiva é escritora. Algum dia mostrarei a ela meus escritos...

A bordo da Medusa
12 de fevereiro

Na brecha da gaiuta apareceu meia lua branca e fria. Engraçado, ela caber todinha nesse retângulo de espaço.

Logo depois, amanheceu. À nossa frente, casinhas espreitavam, no meio da vegetação, ainda sem rolos de fumaça.

Os mosquitos nos obrigaram a fugir para mais longe.

Não consegui usar a arma. Só mergulhei uma vez, com medo, sem me aproximar de Tônio. Ele ficou furioso, não pegou o peixe. É horrível ser confundida com um peixe. Vestida de neoprene devo mesmo parecer um peixe graúdo...

Antes da chuva cair, ouvi meu coração a léguas de distância. Parecia sair do meu peito para rugir de medo em pleno mar. Parecia tropel de rinocerontes. Afinal, era apenas um cardume de botos que passava aos saltos, dando mergulhos e esguichando repuxos. Foi maravilhoso vê-los em fuga. Os botos continuaram seus pinotes de alegria, fazendo barulho surdo de trovoada. Deve ser excitante fugir assim...

Observei Tônio mergulhar. O tubo de plástico amarelo, olho comprido de submarino, inquieto, procurando. Pressenti que ele voltaria sem peixes. Pulou para dentro da lancha e retirou a escada, reclamando o sumiço do peixe grande. Uma onda de calor queimou-me o estômago, porque eu agora já sei. Para ele, sou o peixe maior.

Enquanto navegávamos, o vento afugentou restos de chuva, limpando o céu. Ancorámos com noite clara. Perto de nós, encomprida-se a Ilha

Comprida. Mais uma delas. Como há ilhas compridas... Comprida será nossa viagem de volta, porque já nos distanciamos tanto do continente...

Tônio disse que amanhã mergulharemos juntos, para dar sorte. Só enxerga aquele peixe enorme quando estou ao seu lado. Mas eu sei. É horrível saber que sou o fantasma de um peixe imaginário. Ele decidiu que o apanharemos de qualquer modo. E eu ouvi isto como se fosse a minha condenação.

Amanhã à tarde voltaremos em linha reta, e minha angústia estará terminada.

É primavera no fundo do mar. Flores de coral, desabrochadas, têm dançado para nós. Amanhã me despedirei delas. Tudo tem um fim... Já estamos velhos para mergulhos desafiantes. Nosso adeus ao mar, ao Inglês e à sua Noiva...

☆

Comandada pelo novo dono, *Medusa* quase voa sobre a extensão das inquietas águas esverdeadas do mar.

A Noiva — talvez eles hoje já estejam casados — terminada a leitura do diário, medita sob o abençoado céu azulíssimo, pano de fundo para o voejar do bando de gaivotas, que guincham de alegria ou surpresa.

Ela continua meditando sobre a sequência do diário que acabara de ler, tentando compreender ou escolher o trágico fim dos antigos donos da *Medusa*.

Qual teria sido a realidade? Algum ato de loucura súbita de um deles? Uma defesa desesperada da parte de qual deles? Apenas um acidente inesperado? Ou, como dissera Ambrósio, o corretor: "um final romântico para os mergulhadores que tanto amavam o fundo do mar?..."

Enviar o manuscrito à família da autora, seria o certo? Ou a autora teria preferido que o diário fosse atirado ao mar?...

Seus olhos se fixaram no perfil do Inglês, concentrado na direção da lancha.

Ele me ajudará a escolher a melhor verdade..., decidiu ela, em pensamento.

Naquele instante, *Medusa* estremeceu, numa espécie de rodopio, sob uma leve ondulação das águas. Dizem que isto é o mar demonstrando alegria. Embora o mar também oculte a tristeza de seus incontáveis segredos, silenciando insolucionáveis mistérios em suas profundezas...

∞

ELE VOLTOU, TIÃO

Algum dia,
No perfil deitado das montanhas,
Voltarei a te encontrar.
Escutarei tua voz
No canto dos pássaros.
Sentirei tua presença
Nas ondas do mar.
Desafiando o tempo,
Espalhado pelos ventos
Na esperança hei de ficar!

☆

ELE VOLTOU, TIÃO

"A Praia do Caveira, moça, num é igual às outra. Tem mais lindeza. Lá, a areia canta debaixo dos pé da gente, lustrando as concha e os caramujo. A casa fica escondida atrás duma fila de coqueiro e dum amontuado de planta. Eu digo amontuado, porque é a impressão que dá, mais é tudo bem cuidadinho. Sou eu que cuida. De janelas azul, suas parede tá de pé há mais de duzentos ano. Só comigo tem um tempão. Quando eu era pequeno, a escola funcionava ali mesmo. A gente vinha lá do outro lado da Ilha Grande, pelo caminho aberto no mato, brincando de matá cobra. A professora tinha o nariz pontudo e era tão boa, que até cozinhava pra gente. Foi cum ela que aprendi a cozinhá. Depois que ela casou ninguém mais veio ensiná, então acabou a escola. Aí eu fui sê pescador. Meu ponto era por lá mesmo e durou muito. Levantei barraco na ponta da praia, tinha lugá pra guardá canoa e secá rede.

Um dia apareceu a lancha grande cum gente do Rio. A primeira vez que eu vi Seu Pedreira, foi aquela. Tinha um modo bonito de falá, disse que tinha comprado a casa e me deu uns cobre e uma garrafa de pinga. Fiquei beliscado de contente. Ele ficou satisfeito porque eu disse que eu sabia lê. Fui contratado pra limpá o mato e derrubá meu barraco. Ele achou que tava botando feiura na praia, me deu então cama num quartinho novo, nos fundos da casa.

Dona Branquinha também era muito boa. Parecia cum a professora, só que num tinha narigão. Ela ensinou eu a falá direito. O marido ficava de papo pro ar e os filho num saía de dentro d'água. Ela vivia repetindo: 'Eles vieram pra descansá, Tião...' 'Descansá, num sei de quê.' Seu Pedreira tinha um dinheirão que dava até pra comprá a ilha inteira. E os rapaz tava estudando, um pra doutô e o outro pra fazê estrada. Vê lá se vida boa cansa...

Dona Branquinha mandava eu apanhá cambucá e fazia um doce que era uma gostosura. Às vez era de laranja-da-terra. Ela gostava de comida feita no fogão de lenha e eu ajuntava muita lenha pra ela.

O patrão deu de emprestá a casa. Era umas gente gozada, uns home de pouca fala. Eles fumava charuto e bebia pinga estrangeira. Fazia isso madrugada adentro. Eles encostava os barco, descarregava uns engradado, empilhando e trancando tudo nos quarto. Depois o negócio sumia sem sabê como. De manhã, umas sujeirada de ponta de charuto e copo pra limpá. Da primeira vez eu fui cedinho até a praia oferecê meu trabalho. Ninguém agradou e os ingrato mandou eu voltá pra cama. Que vão se daná, eu pensei.

Quando Dona Branquinha tava, eles num aparecia. Foi ela que ensinou os caso da casa. Eu já sabia do Pirata. Aqui na ilha todo mundo sabe. A senhora, é porque é turista. Ele tinha uma caveira preta pintada na bandeira vermelha. Dona Branquinha adorava coisa velha e costumava compra uma porção de bugiganga por aí. Às vez, tomava a lanchinha mais eu e saía dando roupa e comida, até remédio. A gente voltava cheio de santo de madeira e cada coisa mais doida: oratório, pilão, escarradeira, só vendo... Num sei como ela tinha corage de dá dinheiro pra tanta porcaria. Fora os santo, que Deus me adefenda...

Dona Branquinha leu muito, e contou que 'O Caveira' era um pirata batizado, lá das Espanha. Pois é, ele levantou a casa cum a madeira do mato, pediu a benção pra Nossa Senhora dos Navegante e saiu fazendo pirataria por aí... Morreu de punhalada nas costela e enterraram ele na ponta da praia.

O filho do patrão que estuda pra doutô desenhou uma caveira num pano e espetou num pau. Depois, assentou ele bem onde tá enterrado o Pirata. Pensou que ia assustá. Aí eu fiz brincadeira cum ele e escondi a bandeira.

Dona Branquinha deu de aparecê pouco. Os rapaz tava tudo de namoro arranjado e num queria se enterrá num fim do mundo, eles dizia.

O que doeu foi Seu Pedreira avisá que ia vendê a casa. Tava aflito e aperguntou se tinha aparecido gente de fora, fazendo pergunta. Afora aquelas gente que aparece quando tem feriado perto de domingo, só pra deixá papel sujo nas areia dos ôtro, nenhuma gente tinha aparecido. E se dão de fazê pergunta, eu arrespondo si quisé.

Já tinha passado um montão de tempo e os amigo do patrão tava custando de aparecê. O patrão falou assim: 'Olha, Tião, é melhor num falá pra ninguém a respeito dos meus convidado. Ninguém mais vai aparecê. Esquece, tá?' Eu arrespondi: 'Tá, Seu Pedreira. Pode deixá.' E nem o diabo num fazia eu abrir a boca.

Fiquei cum pena do patrão vendê a casa.

Na sexta-feira ele desceu da lancha cum Dona Branquinha e outra muié altona e bonita, um pedação de morena. Era Dona Til, eu ainda num sabia. Dona Branquinha agradava muito ela e Seu Pedreira falava e falava das duas mina d'água, das fruta, das ostra. Mais a dona tinha ouvido falá do Pirata e só queria sabê, mesmo, era dele. Dona Branquinha entendeu o negócio primeiro e toca a falá daqueles caso que ela descobriu, quando foi remexê na papelada do Convento de Santa Bárbara. A ôtra prendeu a fala!

Eu tava tirando a mesa depois da janta. Levei um bruto susto quando a dona aperguntou pra mim: 'E você, já viu o fantasma?' Aí, fui eu que ficou sem fala. Olhei logo pra Dona Branquinha e ela fez assim cum a cabeça, então eu fiz também. Voltei correndo pra cozinha porque se ela me apergunta a cara do dito cujo, eu num sabia dizê. Ainda num vi um em toda minha vida, moça, e olha que já tenho um arrastão de vida nas costa...

No dia seguinte, cedinho, ela acordou antes de todo mundo. Deu a volta na casa e parou do meu lado. Aí, eu pensei: 'É agora.' Mas sabe o que ela disse numa voz boazinha?: 'Qué trabalhá pra eu, Tião? Si eu comprá isso aqui você vai sê meu caseiro.'

Eu gostava muito de Dona Branquinha, mas apreceio o modo de Dona Til. Ela tem o jeito de muié que num aprecisa de ajuda pra resolvê as coisa. Ri, num dizendo que sim nem que não. Ela bateu no meu ombro e disse: 'Gosto de você, cão fiel.' Ninguém acha bom de sê xingado. Muito menos de cachorro. Sei dum camarada que embarcou o cunhado por causa disso. Mas fiquei muito prosa quando ela disse aquilo e até gostei, porque entendi o fino trato do que ela quis dizê.

Foi Dona Branquinha que deu explicação de tudo. Seu Pedreira tava muito mal de negócio e andava aprecisado de grana. Daí a pressa de vendê a casa. Dona Til é rica e muié rica que mete nas ideia comprá casa cum fantasma, num assossega inquanto num consegue. Acho isso tudo uma besteira, mais quem sou eu pra achá?

O patrão fazia tanta força, que até dava vontade de rir, si a gente num tivesse cum pena. Eu queria fazê alguma coisa. Bolei uma ideia, despois desbolei, num tive corage. Fiquei rezando, então, pro rasgamortalha cantá de noite e os bugio roncá lá no alto do morro. Arrumei uns cipó nos galho da figueira que fantasma deve de gostá.

Até parece que eu tava empurrando as gente do Seu Pedreira pra fora. Deus me adefenda! Só queria ajudá.

Dona Til andava era atrás de assombração. Ela disse que pode botá um copo andando sozinho em cima da mesa. Credo!

Aí voltou aquela ideia, dessa vez cum corage. Eu sei que num tenho cara de fantasma, mais posso virá um. Já era tarde e o jardim tava cheirando gostoso. As dama-da-noite apinhada de flor recebia lua cheia. Dona Til andou na praia e falou tanto de gente que morre e depois volta, até me botou dúvida. Ela, sim, tava certa mesmo daquelas bobage...

Quando ela entrou no quarto dela, esperei até tarde.

O filho do seu Pedreira que estuda pra fazê estrada, tem os pé mais grande que os meu. Eu tinha ganhado dele umas bota que nunca usei. Fui lá no baú, botei elas e dei umas andada na praia, do lado que a maré num apaga. Aprontei uns vai e vem dos diabo, os passo acabando bem debaixo da janela dela. Despois, apanhei umas dama-da-noite e espalhei por ali. Pensei logo: 'Xi, Tião, Dona Branquinha vai te fuzilá!' Ora, si ela queria vendê a casa, uma florzinha a menos num vai fazê diferença... Peguei umas corrente no sapé das canoa e sacudi uns barulhinho pra cá e pra lá, só Dona Til podia escutá, os patrão tava dormindo do outro lado. Voltei correndo, escondi as bota e as corrente, tapei a cara debaixo da coberta e dormi cum vergonha de Nosso Sinhô. Si aquela dona gostava tanto de assombração, ia comprá logo a casa e ajudá as finança do Seu Pedeira. Deus me adefenda.

Quando o dia acordou, eu já tava acordado, limpando a praia. Fingi que num tava vendo ela bisbilhotá cum as flor na mão.

— Bom dia, Tião — ela veio logo pro meu lado, feliz da vida, igualzinho menina que andou puxando o rabo do gato. Fiquei morrendo de vergonha, mais aguentei firme e cochichei: 'Xi! O malandrão voltou!' Dona Til nem respirava, mas tava muito animada, dizendo:

'Olha, Tião, esta pisada na areia, parece de bota...'

Nunca podia imaginá uma dona moderna tão bobinha. Aí eu disse:

— São, sim. Aquele camarada quando gama é um caso sério. Dá de fazê besteira.

Aposto um arrastão inteiro de peixe como Dona Til tava crentinha... Tratei logo de dá o serviço:

'É o fantasma do 'Caveira', dona. O primeiro patrão daqui. A última vez que o fantasma dele virou cabeça por muié, foi pela minha fessora. Era um tal de apanhá flô, num havia que chegasse pro gasto. As jarra da escola vivia lotada. A escola era aqui mesmo, a senhora sabe. Aí ela conheceu um cara que vendia lona em Angra dos Reis e casou com ele nas féria. Quando as aula começou, ela num veio. O 'Caveira' ficou fulo. Teve tanta raiva que despedaçou tudo que era flô. E lançou maldição tão firme que nunca mais apareceu fessora por essas banda. O safado acabou cum a escola.'

Dona Til tava de olho escancarado que nem porta de igreja em dia de missa. Passou a língua nos beiço, parecia que tinha comido um doce. Que dona boba, pensei cá comigo. Será que tá mesmo creditando?

Tava, sim senhora. Disse que tinha ouvido arrastá corrente pertinho da janela. Num pregou mais no sono. Veio logo cedo espiá.

Que ela comprou a casa, isso comprou. Pagamento à vista, palavra. Todo mundo ficou beliscado de contente.

Dona Til deve de tê botado a boca no trombone, porque o patrão deu uma palmadinha no meu ombro e chamou eu de grande amigo. Passou pra cá uma bolada, de presente. Dona Branquinha também abraçou eu, e ficou de olho molhado.

Dona Til é um anjo e eu só ficava de remorso, mesmo, quando as esganiçada das amiga dela começava a debochá: 'Til, seu fantasma vai aparecê essa noite?' Era a frase que ela mais tinha raiva e a que ela mais tinha de escutá. — Til, você tem ciúme da gente e fica escondendo ele?

Puxa, que gente chata! A metade da culpa era da própria Dona Til. Num disse que ela tinha botado a boca no trombone? Espalhou a minha invenção pra grã-finada e eles vinha bancá São Tomé, vê pra crê.

Quando a cambada de cunvidada falava daquele jeito cretino, Dona Til dava de fingi que tava muito ocupada. Mais eu ouvia ela dizê baixinho: 'Ora, vão praquêle lugá!...'

Seu Serjo é que tinha a mania de acendê os cigarro dela. Si ela fumava vinte, ele acendia os vinte. A criatura num tava de mão machucada nem nada, mais ele vinha logo, dando pulinho que nem pipoca na panela. Ocha, sujeito murrinha. Que birra eu tinha daquele home!

Dona Til é um morenão e tanto e uma noite eu escutei ela dizê, lá perto da figueira grande: 'Num tô pensando de casá agora, Serjo.' Ouvi sem querê, juro.

Seu Serjo vivia debochando do fantasma e aquilo mexia com o meu orgulho. Si não fosse o medo de sê pilhado, eu repetia a palhaçada, só pra gozá as cara daquela gente.

Os convidado de Dona Til era barulhento e preguiçoso. Esticava o corpo o dia inteiro na praia, bebia e comia que era uma danação. E que mania de fazê as minha planta de cinzeiro! Dona Til mais eu ficava horas besuntando pasta de queijo e pasta de fígado de galinha nas torrada. Tinha também as bolinha preta que vinha dentro do vidro. Fiquei foi avergonhado quando ela caçuou: 'Puxa, Tião, você que é pescador num sabia que isso é ova de peixe?'

Eta gente pra mastigá biscoitinho cum coisa em cima! E toca a bebê. Credo!

Bendita vez que Dona Til foi sozinha. Aí eu tive sossego. Acho que ela também, porque meteu a cara num livro e num tirou até escurecê. Espichada na praia, num viu o veleiro passá e torna a passá, o sujeito esperto lá na proa tirando mira daquela moreneza... Eu vi. Nem sei por onde anda Seu Serjo, mais hoje eu sei que era ele que gostava de levá aquela cambada de gente. Dona Til aprecisava de um sujeito assossegado, sem enxerimento, um tipo assim feito o que passou no veleiro. Sem fazê barulho, nem de motor...

Ela voltou prô Rio no dia seguinte. O veleiro tornou de aparecê. O bicho espiou, espiou, depois arreou ferro e ele pulou n'água, de supetão. Eu também gostei dele, de supetão. Aperguntou pela dona deitada na areia. Fiquei muito satisfeito cum a educação dele e quando vi, tava desembuchando os meus assunto assim igualzinho tou fazendo cum a senhora. Ele achou uma graça doida na minha trapalhada do fantasma e pediu a bandeirinha emprestada. Aquela que eu abafei do filho do Seu Pedreira. Gozado! O visita tava muito queimado de sol e quando ria mostrava tudo que era dente. Parecia direitinho um pirata, até na barba, que fazia sombra no rosto. Fiquei cum pena da patroa num cunhecê ele. Acho que fiquei cum pena em voz alta porque ele riu e aperguntou quando é que ela ia voltá. Aí eu disse que só no outro sábado, pra feijoada, né? Num tinha nada de mal em contá, a senhora num acha? Depois paguei visita no barco dele, até ganhei uns cobre... Puxa, moça, que lindeza de barco! Coisa boa, mesmo, lá dos estrangeiro...

No sábado, a casa encheu daquela confusada de gente. Seu Serjo fazia onda, parecia o dono. E Dona Til tava morrendo de raiva, porque o pessoal toca de aperguntá, tudo de corda ligada: 'Til, cadê seu fantasma?'

Na hora do almoço, eles botando a pança em dia cum minha feijoada, Dona Til deu lá uma veneta e decidiu acabá cum aquilo deles fazê deboche cum ela. Nós tava no alpendre, eu servindo e eles botando a boia pra dentro. Dona Til tava só esperando uma deixa. A magrela saliente gritou: 'Fantasma! Uh! Uh! Vem prová o tempero do Tião!'

Dona Til fuzilou. Saiu do alpendre, botou as mão na cintura, assim, e sapecou palhaçada naquela gente. Aos berro, chamou: 'Vem, querido, num aprecisa ficá cum medo dessas maluca, não! Anda, vem, mostra que é macho!'

Era tão gozado ela gritando pro mar que eu até ri. Tava todo mundo sem graça e eu ouvi uns risinho abafado, de descrença. Seu Serjo foi atrás dela, sem entendê muito bem. Ele é tão burro, coitado, num entende de nada, nem de barco...

E Dona Til toca de gritá mais coisa, chamando o pirata de 'Caveira'. Dava até pra convencê mesmo, credo!

Sabe, moça, já vi coisa braba, de botá cabelo em pé. Sem sê de assombração, porque eu nunca creditei. Mais aquilo foi de crescê cabelo em careca! Todo mundo tava olhando pra praia e fez: 'Ah!...'

Lá longe, no fim do mar, tinha acabado de aparecê um veleiro grande, cum as vela aberta, só vendo que bonito! E vinha vindo pra nossa praia. Quando tava bem perto, vi direitinho a bandeira do filho do Seu Pedreira dançando no ar, espetada na ponta do mastro. E sabe quem tava rindo pra gente? Aquele moço do assunto que eu já falei. Aquele da visita, que tinha aperguntado quem era Dona Til. Ele tava sem camisa, de calção azul e um pano vermelho amarrado na cabeça. Até tinha botado um tapador de olho, preto, e argolão na orelha, um só, do lado de cá. E olha que nem era carnaval nem nada! Eta bicho danado! Puxa vida!

Quando ele jogou a âncora, deu um berro: 'Tião, feijoada? Arruma aí um prato!' Confesso, moça, gostei daquela intimidade...

Ele foi nadando pra praia. O barco virou de banda, por causa do vento e todo mundo, ainda sem fala, leu lá na popa: 'O Caveira'. Só eu sabia que aquilo num tava pintado ali da outra vez.

Ai! Que coisa mais gozada, os trouxa de boca aberta! Seu Serjo, então, teve um chilique, na hora que o home sapecou uma beijoca na Dona Til e dizendo como si fosse verdade: 'A pirataria hoje tava muito fraca, meu bem, si continua assim nós vai morrê de fome.' Despois, foi no pé de dama-da-noite, apanhou um punhado e botou na mão de Dona Til, sem fazê cerimônia. Eu discubri que Dona Til tava sem entendê. Mais ela tava gostando muito daquela confusada. Seu Serjo é que ficou chatiado e foi pro quarto.

Pois é, moça, nessa idade dei de sê casamenteiro... Meu patrão é muito boa praça. Aquele caso amalucado deu namoro firme que só teve dois mês de duração. Aí ele comprou a praia mais a casa na mão dela e só despois casô cum ela. Tão lá, fazendo lua-de-mel...

Bom, já falei tudo, moça. Agora vou andando. Tenho de fazê a janta. Gostei muito de conhecê a senhora, viu? Vê se aparece um dia lá na Praia do Caveira. Pode fazê a fineza de dizê as hora? Puxa vida, já é tudo isso? Nossa! Eles vão daná! Quê? Na lua-de-mel ninguém dana? Hum...

Olha, moça, qué sabê duma coisa? Jura que num vai zombá de mim? Eu fico matutando, matutando... Dona Til disse: 'Tião, meu marido é o 'Caveira' que voltou. Agora ele vai ficá bonzinho e consertá tudo de errado que andou fazendo antes. Ele voltou, Tião.'

Eu logo pensei: 'Já vai ela começá cum as bobajada, outra vez.' Aí eu assuntei cum Mané Espírita, lá do Centro. Ele ficou pensando e disse: 'Pode sê.'

— A senhora tá rindo, moça? Ah! Também acha? Hum... Santa Bárbara! Então deixa eu corrê cum as compra da janta. Si ele é mesmo o 'Caveira', ele num vai apreciá o meu atraso!"

∞

CANTIGA DE TAGUARÁ

Rosa saltou na chalupa,
Foi-se embora pelo mar.

Violeta mais Inácio
Preparavam seu casar.

Apareceu Zacarias
E Violeta sumiu.

E o Inácio?
Ah! O Inácio...
De primeiro ele sofria,
Mas até que um belo dia
Outra Rosa descobriu.
Rosa de tanta beleza
Que se acabou a tristeza
Nem deixando cicatriz.
Taguará dormiu feliz.

☆

CANTIGA DE TAGUARÁ

Rosa e Violeta são gêmeas lindamente iguais e igualmente lindas. Fazem parte de um mundo pequenino chamado Taguará. Cidade-miniatura que desce a encosta da montanha e mergulha na Praia dos Seixos.

A terra levanta poeira vermelha nos meses quentes. Milharais e bananeiras grimpam morros, junto às casinhas quadradas com telhados parecendo chapéu chinês.

Na Praia dos Seixos, o mar lava as pedras de dois quintais. Mais além, saindo do mato, uma cachoeira alta despenca sobre a rocha lisa e vai fazer riacho entre dois casarões antigos que já viveram muito.

As gêmeas moram num deles, com alpendre largo e canteiros de gladíolos. Inácio Teles, sobrinho-neto e único do Coronel Teles, nasceu na outra.

Padre João mora entre a igrejinha e a horta. Velhinho quase cego, cuida das hortaliças com o mesmo desvelo que dedica ao seu rebanho espiritual.

Batizou as gêmeas e aconselhou Titinha, moça-velha sem pecado e com dote gordo, a adotá-las, quando o pai das meninas, o pacato viúvo Quincas, de cuja viuvez todos já tinham se acostumado a sentir pena, fugiu com a trapezista de um circo ambulante. Mulher do dono, ainda por cima. O traído, além da infiel e do circo, possuía um par de garruchas que ficaram prometendo vingança, durante algum tempo.

O assunto enlevou comadres, debruçadas nos parapeitos cochicheiros e deu trabalho ao Padre João, que, depois de muito anos, teve de escrever sermão novo, incluindo a mulher do próximo. Cada próximo que tomasse suas precauções.

Os homens, reunidos na venda-botequim do Fulô, entornando batidas de banana sobre a inveja escondida, conferenciavam:

— Se o homem do circo pega o Quincas, ele vai dançar na corda bamba...

Mas Quincas, se dançou ou não, ninguém soube, porque nunca mais se ouviu falar dele.

Plantações continuam subindo e descendo morros, e jasmineiros tomando banhos de luar, na Praça do Coreto. Nos meses secos, ondas sonolentas se espreguiçam sobre os dois quintais, separados pela marca do riacho sumido.

Depois, tempo de chuvaradas, cachoeira saltando mais depressa e enchendo de rio a linha vazia.

As gêmeas entraram na vida fria de Titinha, trazendo calor e motivos, pois o destino se esquecera de lhe arranjar marido.

Rosa e Violeta, uma só beleza, olhos-de-bananeira e cabelos-de-milho-maduro. Boca-fruta-do-mato e a alma, riacho clarinho, jogado ao mar. Gêmeas de noites tranquilas, escutando, no alpendre, o ruído da praça, após as tardes inteiras matizando o linho e dourando as caldas dos doces, nos tachos de cobre.

Tão idênticas, tão uma só que Titinha nunca se preocupou em distingui-las, pois não fazia diferença.

Inácio, herdeiro dos Teles, inventando diferença, descobriu Rosa, em namoros correspondidos e tímidos, de praia e riacho. Catar seixos servindo de pretexto. Caminho torto de pedras maiores atravessa o córrego, convidando Inácio para a outra margem.

Se algum barco, porém, surge na enseada, o pensamento de Rosa entra na chalupa e volta com ela para alto-mar, sumindo além da barra. Esquece Inácio, Taguará, esquece tudo.

À noite, ela sonha na areia quieta do quintal, antes do serão costumeiro no alpendre da frente. O mar faz sussurros com brilho de lua cheia: "Vem, Rosa, vem..." Rosa foi ficando diferente da irmã. Titinha não percebe, mas Inácio nota e sente medo. Rosa gosta dele, mas também gosta dos barcos que vão e voltam, com suas velas brancas navegadeiras. Sonha com o porto da cidade grande. Ah! Se pudesse ver o que se esconde atrás da fileira de montanhas...

Um dia, Violeta aparece sozinha na Praia dos Seixos, olhos chorosos e distantes. Inácio descobre, antes de Taguará. A cidadezinha sente saudades de Rosa...

Aos poucos, o tempo apaga a lembrança triste. E Inácio, curando dor-de-cotovelo junto ao riacho, encontra em Violeta a beleza de Rosa.

Para Violeta, o amor é tão desconhecido quanto o destino das chalupas que somem além da baía. Mas acha boa a ideia de se casar com Inácio. Ele é forte e bonito e vai ganhar a prefeitura, o tio já está cuidando disto.

Inácio começa a frequentar os tutus-com-torresmo, galinhas-com-quiabo, jantares-de-pega-noivo, no casarão ao lado. Passeios na praça e missas de domingo. Ele pode ver a imagem de Rosa, nos olhos de Violeta. Mas não consegue esquecer a fugitiva Rosa.

Preparativos de enxoval movimentam Taguará. Bordadeiras riscam roupas de baixo da mulher do futuro prefeito, monogramas em lençóis. Colchas são armadas e embabadadas. Dedos não param nos bilros e crochés. Cada barca traz encomendas de sedas, rendas e caixas de fitas, tudo do melhor. Titinha se realiza, naquele enxoval.

Numa das barcas vem, também, o recado de Rosa. Pedido de perdão misturado com beijos. Está bem, nada de vergonhoso tinha acontecido. Empregara-se em casa de família, no Porto Grande, mas ansiava voltar. Não aguentava mais de saudades. Queria muito assistir ao casamento da irmã. Alguém de Taguará a encontrara no Porto Grande e lhe contara a novidade do casório.

Titinha chora de alegria e Violeta vai correndo contar ao noivo a grande novidade.

Taguará inteira se alegra. Só Inácio fica sério e pálido, ouvindo a excitação de Violeta. Estarrecido, sacode a cabeça como se confirmasse para si cada palavra da noiva.

Eis que Zacarias Ezequiel, viajante de muita anedota e lábia de capital, surge em Taguará, colarinho duro e bigode aparado. Unhas feitas e paletó xadrez. A primeira providência que toma é se apaixonar por Violeta.

— Vim, vi e volto com ela — parodiava.

Violeta também cai roxinha de paixão pelo Zacarias. Aprende o significado da palavra amor. Não é aquela amizade tranquila e segura, como se fossem parentes, como sente pelo noivo. Amor é turbilhão com paradas bruscas, igual ao mar em dia de ressaca.

Inácio, moço da roça, de malícia ausente, gosta do Zacarias, e suas anedotas. Não sabe muito de traição, só conhece o caso do Quincas, seu futuro sogro, com a mulher do dono do circo, assim mesmo de ouvir contar.

Violeta, enfeitiçada. Zacarias, todo amores. Este compreende que suas boas intenções haviam chegado tarde. Difícil acabar noivado sério daqueles, perto do casamento. Seria um cocoré. Escaparem no próximo carregamento de bananas é a única solução.

Ninguém percebe, porque em Taguará ninguém espera que aquilo aconteça. Mas o apito da barca, à tardinha, avisa que está levando a bordo noivado clandestino.

Violeta deixa para Titinha bilhete de explicação, ditado pelo Zacarias, que ela acha perto da caixa de costura. Lê com dificuldade, relê, sacudindo várias vezes o papel e limpando os óculos. Não consegue fixar na ideia o que ali está bem claro. Sua mente recusa mais aquela decepção.

Titinha levanta-se com dificuldade, coração amargurado, olhos sem lágrimas, porque a dor é tão grande que nem consegue chorar. Vai então, como sempre, buscar conselhos e o consolo de Padre João. Joga o xale no ombro, apaga o lampião e sai andando em direção à igreja, sem ver e sem ouvir as pessoas que zumbem na Praça do Coreto.

A noite vem linda e traz Rosa, pela mesma barca que levara Violeta e Zacarias. Mas eles não se encontram.

Rosa gosta de pisar novamente o chão vermelho de Taguará. Evita pessoas. Quer inaugurar a surpresa com Titinha e Violeta.

Beirando a praia deserta, respira um mar de goiabas e jasmins. Cheiro de Taguará, onde frutas invadem jardins e seus cheiros adocicados se misturam ao perfume das flores.

É bom estar de volta. As pedras lisas e redondas na Praia dos Seixos, salgadas de mar e lavadas pelas águas do riacho, estão à sua espera.

Parada na areia quieta, Rosa fica ainda algum tempo escutando os sons do arroio. Seu coração bate mais alto, ao entrar pelos fundos na velha cozinha de fogão calado.

A lua já havia entrado antes dela e alonga o luar até os móveis pesados da sala. Rosa sente saudade atrasada, estranha o vazio e o silêncio. Já estariam dormindo? Senta-se na cadeira de Titinha, ao lado do costureiro. A caixa de linhas, confusão de fios caindo para fora, tampa esquecida. Titinha nem enxergava mais direito, teimando em bordar pontos que Violeta e ela costumavam desmanchar, às escondidas, para recomeçarem certo.

Rosa sorri. Que diria Padre João, na prática do próximo domingo? A parábola do Filho Pródigo, com certeza. Pega nas linhas com carinho e as recoloca na caixa. Seus dedos encontram a folha de papel que Titinha, abalada pelo sofrimento, havia deixado de levar. A sala está clara, cheia de lua. Rosa lê o bilhete.

Tonta de susto, vai à procura de Titinha. Os quartos estão vazios.

— Titinha! Titinha!

Onde estaria ela? Quem seria Zacarias Ezequiel? Apanha a valise e volta ao quarto da irmã.

Está tudo em ordem. Violeta não levara suas roupas. Nada. Só o amor lhe bastara.

Rosa, aturdida, compreende. Mas com pena enorme de todos. Ah! Se ela pudesse fazer alguma coisa...

Derrama água do jarro na bacia de louça e lava o rosto que nunca lhe ardera tanto. Nem quando fugira.

Vozes na entrada da casa, Titinha e Padre João chegando. Eles a pressentem, antes de vê-la.

— Violeta! Minha filha! Você voltou!...

Este é o grande momento na vida de Rosa. Grande e difícil. Tão rápido e ela não o esperava. Tem pouco tempo para se decidir.

— Sim, Titinha, eu voltei. Já vou já.

Não está mentindo. Rosa realmente voltara.

Despe-se e esconde a maleta no fundo do baú. Veste uma roupa da irmã. O vestido cai largo no corpo emagrecido, mas ninguém perceberia. Quando entra na sala é apenas uma sombra com medo. Titinha e Padre João abraçam-na, abraço de proteção.

Rosa chora lágrimas de Rosa. Mas, para eles, está chorando lágrimas de Violeta arrependida.

— Minha filhinha, você nunca repetirá isto, não é?

— Nunca, Padre João. Nunca mais.

— Você chegou a pecar, minha filha?

— Pequei não senhor.

— Você ainda ama aquele infeliz?

— Nunca. Gostei dele nunca.

Rosa grita a verdade. É preciso deixar o segredo trancado lá no fundo do baú, junto com a maleta.

O bilhete é destruído. Inácio está na fazenda, para os lados da divisa com São Paulo, cuidando das plantações. Voltaria dentro de poucos dias. Não precisa saber que seu casamento estivera à beira do abismo.

Quando Taguará desperta, Violeta florescera no velho casarão, brotada de Rosa sem espinhos.

Ninguém desconfia. As gêmeas são lindamente iguais e igualmente lindas.

Inácio volta logo da fazenda e mostra mais paixão. Há muito tempo, diz Titinha, ele não parece tão feliz. Quanto a ela, Rosa, tem que fingir. Fica amargurada, porque pensa que o lugar no coração do noivo não é dela. Soube, segredo traído por Titinha, radiante, que ele ia encher a casinha nova deles com violetas. Sente grande tristeza. Gostaria que Inácio estivesse amando a ela mesma, a Rosa, igual antigamente. Está perdida de amores e já não acompanha em sonhos os barcos que somem além-mar. Sua atenção é somente para a casinha branca que já aparece no outeiro, quase pronta, rodeada de jardins.

Inácio, moço e bonito, pula sobre as pedras que servem de ponte e atravessa o rio. Rosa espera, braços estendidos. Os dois sentam-se na areia e ele não cata mais seixos. Prefere alisar os cabelos dela, com suas mãos grandes e afetuosas.

Seria uma felicidade se ele descobrisse tudo, pensa Rosa.

Na véspera do casamento, Titinha lembra:

— Rosa prometeu, mas não veio...

— Rosa ainda vem, Titinha...

Rosa vira as costas para esconder o choro.

Neca-Fubá, dono do Pão-de-Ouro, padaria onde se come bolo com sorvete, chega da capital com a notícia na ponta da língua:

— Esbarrei na Rosa, e ela tinha acabado de se casar com o Zacarias. Tava de marido no braço, os dois com cara de amor maior do mundo. Deram o fora sem querer conversa...

Titinha chora no ombro da Rosa verdadeira e esta, engasgada, não pode consertar a situação.

Nas bodas, Inácio veste roupa de Prefeito. Festejo duplo, casamento e prefeitura, sacode a pacata Taguará. O coronel convida o povo e não deixa pagarem as bebidas. Tudo por conta dos Teles.

A Praça do Coreto fica parecendo dia de São João, toda enfeitada com bandeirinhas e guirlandas. A banda, uniforme de gala com botões dourados, toca marchinhas, assustando as aves e alvoroçando corações.

Até o mar, polido como fundo-de-caçarola-em-cozinha-de-Titinha, lava os seixos e brinca com o riacho.

O casamento é uma grande atração.

Rosa puxa atrás de si cortejo de família e amigos, ninguém deixando a cauda de seu bonito vestido varrer poeira do caminho. Nuvem de filó e rendinhas, até a igreja, pequena demais para tanta gente. Fila comprida de convidados, crianças choramingando no meio da confusão, gente nova de namoro aprontado, com vontade de casar. Todo mundo seguindo Rosa, sem saber que ela era Rosa mesmo.

Bodas de primeira, com ensaio na véspera.

Padre João confessa Inácio às pressas, passando penitência curta.

Na cerimônia ele faz sermão, contando o batizado do Inácio e das gêmeas. Acontece comecinho de cochicho e ele assoa o nariz, emocionado.

Depois, o beijo dos noivos, rápido, assustado, quase sem encostar os lábios trêmulos.

Comerias e dançarias. Assados de leitões e cabritos, patos e galinhas recheados ou boiando no molho dourado. Mil pratos. De sobremesas, doces de todos os jeitos. Cocadas e pés de moleque, em branco e preto. Bolos de aipim e coco. Balas de coco enroladas em papel crepom. Contribuições das comadres...

E as meninotas, pura graça, distribuem pipoca estalante, doce e salgada, entre gritaria e aplausos.

O Coronel Teles também faz discurso. E os convidados importantes, fazendeiros de outras bandas, falam difícil, brindando os noivos.

A festa já vai alta quando Inácio parte, levando a noiva e sua nuvem de filó pela mão.

Rosa-triste sobe o morro, pensando nas violetas que devem estar à sua espera, segredo traído por Titinha.

Inácio ri, feliz da vida, e continua puxando-a, quase a correr pelo caminho de terra.

"Vem, Rosa, vem...", chama a casinha no alto, flor muito branca plantada no outeiro.

Diante do portão, Inácio para, subitamente tímido. Rosa, ofegante e segurando a cauda do vestido, olha para baixo e vê Taguará festejando, sob a mistura de cores do poente, refletida no mar.

Velas de barcos poderiam sumir além da enseada, chamando Rosa. Chalupas continuariam partindo e chegando. O pensamento dela não viajaria mais com os barcos. Seu amor, seu lugar, estão ali, em Taguará, juntinho do Inácio.

A encosta está cheia de sombras e no meio da quietude já se ouvem as vozes do mato.

Inácio abre a porta e deixa a noiva entrar primeiro. Acende o lampião sem dizer palavra. Depois, envolve-a com seus longos braços.

O cheiro forte de flor abafada é tão intenso que Rosa fica tonta.

Ainda não anoitecera, dentro de casa.

Rosa, olhos cor-de-chuchu muito abertos de espanto, dá um gritinho. Vezes sem conta, repete, encantada:

— Você sabia! Sempre soube que eu era Rosa! Eu nunca enganei você, Inácio. Foi você quem esteve me enganando...

Ele sorri feliz, concordando, entre risos e beijos.

De todos os tons e tamanhos, desabrochadas e em botão, um deslumbramento de rosas está fazendo festa na salinha deles.

∞

SERENA, PUREZA E PORQUÊ

Banhada pelo luar
Serena sorri na colina,
vem pela praia, no mar,
sorrindo abraça o lugar.
Do alto da rocha-coração,
sua alma irradia emoção.
Sorri pra casinha amarela
onde, nas tintas de um quadro
e na estória de um livro,
seu sorriso há de ficar.
Pureza, triste, relembra
nas cordas do Violino
seu profundo único amor
e chora com Brahms sua dor.
Porquê seu rabinho abana,
pois dela, a presença pressente.
Pureza, numa saudade premente
prende a lembrança ardente
do seu lindo eterno amor...

☆

SERENA, PUREZA E PORQUÊ

Num dia de sol e bons ventos, Pureza e sua mulher Serena foram navegando sem rumo calculado, sem consultar cartas e mapas, só de puro instinto navegador, numa espécie de fuga da civilização, da qual já estavam cansados...

Ele, um artista de nome já conhecido no mundo da pintura, precisava viver rodeado pela poesia e tranquilidade a fim de cultivar sua inspiração.

Ancoraram o veleiro numa pequena enseada, banhada pela boniteza das ondas drapeadas que se desenrolavam na praiazinha, desenhada aos pés do rochedo em formato de coração.

Atraídos pela singeleza silenciosa do lugar, decidiram comprá-lo. Retiraram a placa tosca de madeira onde estava escrito "Vende-se", em letras pintadas de vermelho. No dia seguinte, selaram o negócio, trocando suas economias pelo cenário de sua nova vida. Começaram a construir, juntos, a casinha, o lar que abrigaria o seu amor e a criatividade de Pureza.

Mais adiante, algumas outras casinhas subiam a colina, tentando formar pitoresca aldeiola, limitada no topo pela igrejinha centenária e o cemitério, que é minúsculo porque pouca gente tem morrido naquele lugar, onde a velhice insiste no desafio de prosseguir na vida. Ali, as árvores são mais numerosas do que as lajes modestas, acolhidas sob suas copas frondosas.

Serena, certa noite, subindo o olhar pela colina, fez ao marido um pedido antecipado:

— Quando chegar a minha vez do adeus, gostaria de ocupar um lugarzinho ali bem colocado, de onde se possa avistar, com "olhos de espírito", você, nossa casinha e nosso barco.

Naquele tempo, o cãozinho chamado Porquê ainda não havia entrado em suas vidas.

Quando a casa ficou pronta, eles a inauguraram num Domingo de Páscoa. O sino da igrejinha os saudou, repicando Aleluias, e eles interpretaram isto como votos divinos da boa sorte. E durante muitos anos, até seus cabelos embranquecerem e o passar do tempo deixar marcas em seus rostos, eles realmente a tiveram.

Infelizmente Pureza ficou viúvo do grande e único amor de sua vida, mas deu à Serena o lugarzinho que ela pedira, no cemitério da colina. E sempre o cobria de flores, regadas pelas suas lágrimas.

Num tristonho dia chuvoso, que vertia lágrimas sob a forma de um temporal, acompanhando o pranto de Pureza, este se perguntava até quando aguentaria tanta solidão. Foi quando encontrou o cãozinho malhado de branco-e-preto, o pelo arrepiado e encharcado pelo aguaceiro. Seu rabinho enrolado em forma de interrogação parecia estar fazendo a mesma pergunta que Pureza se fazia. E seus olhos pardos, cheios de ternura, estavam pedindo para ser adotado. Comovido, acreditando ser aquele o consolo que Serena lhe enviava, Pureza adotou-o e o levou consigo, hospedando-o com carinho. Deu-lhe o sugestivo nome de Porquê, palavra que pode ser o começo de qualquer resposta, especialmente a resposta à sua constante indagação interior. Porquê também se perguntava e sua carência de amor obteve resposta. Ao abrigar a solidão do novo amigo, Pureza conseguiu abrandar a própria solidão.

Agradecido, Porquê começou a participar, com alegria, de todas as atividades do novo dono, até das pescarias e dos banhos-de-mar madrugadores. Deu para comer peixe e caranguejo e tomar os últimos goles de cerveja que Pureza lhe dava do final do próprio copo, sem exagerar para não deixá-lo viciado.

Quando pureza estava pintando, Porquê permanecia na postura de espectador interessado, olhos atentos acompanhando as pinceladas que iam levando motivos e cores à tela. E Pureza, sentado no banquinho diante do cavalete, se sentia grato por tanta atenção.

☆

Ela já conhecia tudo aquilo de ouvir contar. E sentia enorme curiosidade em conhecê-los pessoalmente.

Até que uma tarde, tendo velejado desde cedo ao sabor dos ventos que encrespavam as águas do alto mar, ela e o marido escolheram um lugar seguro para pernoitarem. Mais pela vontade dela do que pelo acaso que os conduzia. E aquele lugar ficava, providencialmente, nos domínios de Pureza.

Após jogar âncora, exausto pelos esforços com o barco, o marido precisou de alguns minutos de descanso, *uma meia hora, talvez*. Desceu à cabine, se esticou no beliche, mas acabou adormecendo junto ao adormecer da tarde.

Ela ficou sentada no convés, contemplando e imaginando como seria viver naquele exuberante arvoredo que subia o morro, em terra, só abrindo espaço para a casinha amarela que olhava para o mar. De sua chaminé pitorescamente torta saía uma espiral de fumaça que lentamente se misturava aos tons do crepúsculo.

Calculou quantas nadadas a levariam à praia, onde pontificava o rochedo em forma de coração, detalhe romântico esculpido pela natureza para enfeitar a paisagem.

A curiosidade venceu sua indecisão e ela não resistiu. Mergulhou e foi nadando em direção ao rochedo.

Já de pé, na areia, podia ver as duas cabras de olhos lânguidos, mas atônitos, que pareciam censurar o cachorrinho malhado de branco-e-preto que corria de cá pra lá e de lá pra cá, latindo numa zanga — talvez de mentira — como se estivesse avisando à intrusa de quanta braveza ele seria capaz.

Foi então que um homem surgiu, saindo da casa atraído pelos latidos. Sua cabeleira branca se destacava, coroando o rosto de pele tostada pelo sol. Seus olhos claros — seriam verde-azulados ou azuis-esverdeados? — a examinavam, interrogativos. Usava bermuda *jeans* desbotada e camiseta branca, manchada com nódoas de tinta, e calçava sandálias de tiras de couro. Delicadamente e tão curioso quanto sua visita, perguntou "no que poderia ajudar".

Ela se aproximou sentindo-se constrangida, mas respondeu que viera "fazer visita". Lembrando-se de que nas margens do mar as visitações são permitidas e geralmente bem recebidas, ela sorriu amigavelmente, tentando se convencer de que um sorriso amigável pode ser uma arma eficaz contra o constrangimento.

Ele contraiu o canto dos lábios num esboço de sorriso e se apresentou, estendendo a mão para cumprimentá-la. Ela se apressou em retribuir o gesto.

— Prazer em conhecê-la. Seja bem-vinda.

Alargou nos lábios o esboço de sorriso e logo ajuntou, divertido:

— Meu nome é Pureza. Meus pais cultivaram profundamente as virtudes e batizaram os filhos com os nomes delas. Na minha vez esperavam uma menina, mas a virtude já estava escolhida, então deixaram ficar...

Achando graça, ela deu uma risadinha e também se apresentou.

O cachorrinho se aquietara, mas demonstrava curiosidade, dando voltas ao redor deles e focinhando suas pernas. Pureza deu-lhe uma palmadinha afetuosa e o apresentou:

— Este é o Porquê. Dei-lhe este nome pela sua resposta à pergunta que eu me fazia, mas não conseguia responder.

Ela desconfiou haver alguma simbologia naquela declaração. *Afinal*, pensou, *os artistas sabem dizer coisas de um modo todo deles...*

Fixando os olhos na direção do mar onde os dois barcos estavam ancorados — o dele e o barco visitante —, Pureza calculava se a distância entre eles seria bastante protetora para ambos os cascos.

— Belo barco o seu. Veio comandando?

Ela deu uma risada.

— Não sou capaz de tamanha proeza! Gosto de velejar lendo e ouvindo música. Meu marido é quem faz a força, é um grande velejador...

E acrescentou:

— Estivemos no mar o dia todo, ele ficou cansado e está tirando um cochilo. Lamento que não tenha vindo comigo para conhecer você.

— Ele será sempre bem-vindo.

Então, convidou-a para entrar e conhecer sua casinha que, agora de perto, parecia aquela onde os anõezinhos haviam hospedado Branca-de-Neve.

—Você gostaria de um chá? Cultivo umas ervas deliciosas. Ou prefere a sopa de algas que já está no fogo? São algas do meu mar.

Ela agradeceu, aceitando o chá.

— A sopa deixamos para minha próxima visita.

E comentou:

— Vi a fumacinha saindo da chaminé, formava um quadro muito poético que merece ser pintado.

— É da minha cozinha. E agradeço a sugestão.

Ambos se sentiam descontraídos e trocavam sorrisos. Porquê abanou o rabinho, aprovando.

Atraente e colorida, a pequena mas confortável sala os acolheu com sua surpreendente decoração. Magníficas pinturas de paisagens, nas telas encostadas nos cantos, algumas já dependuradas nas paredes, competiam em número com a enorme quantidade de livros amontoados em pilhas, no chão, por não caberem mais nas estantes.

Máscaras indígenas de traços exóticos espichavam olhares. Esparramada sobre o sofá de dois assentos, a pele de uma jaguatirica de cabeça erguida também os espiava com olhar de espanto.

Pureza se apressou em explicar:

— Não fui eu quem a matou. Gosto muito de animais e nunca teria coragem de matá-los. Comprei esta pele para resguardar a dignidade da bichinha. Em vez de usá-la como tapete, preferi cobrir com ela o sofá, que já está precisando de um forro novo...

Ela concordava com meneios de cabeça.

Pureza apontou a poltrona, peça graciosa coberta pelo pano feito de retalhos, e avisou que ela podia se sentar ali com a roupa-de-banho molhada:

— Já estou acostumado a receber visitas que chegam aqui a nado.

Mas, antes de se sentar, ela queria prosseguir andando pela sala, descobrindo coisas interessantes, aqui e ali.

Foi assim que chegou ao cavalete, que exibia a tela onde uma paisagem já estava quase terminada. Ao lado, a mesinha com a coleção de tintas e pincéis.

Mais adiante, sobre um descanso de madeira, o estojo daquilo que devia ser um violino. — *Seria um Stradivarius?* —

Na parede diante daquele arsenal de pintura, o enorme quadro a óleo retratava uma belíssima mulher de olhos intensamente verdes, e o sorriso meigo e sedutor. No rosto de traços delicados, uma vibrante expressão de vida. Os cabelos lisos de um tom castanho, desciam-lhe até os ombros, em ondas.

— Esta é Serena, minha mulher — falou Pureza, que se acercara da visita. — Pintei-a com paixão, e hoje a relembro com profunda saudade.

— Mulher linda, Pureza.

Os olhos dele brilhavam de emoção:

— Seu corpo pode estar lá na colina. Mas sua alma continua junto à minha. Quando toco violino posso sentir mais forte sua presença.

Ao redor do quadro, coladas na parede, inúmeras fotos mostravam Serena e Pureza celebrando seu amor e os momentos felizes que haviam tido juntos.

Ele então falou sobre a mulher. Como haviam se conhecido, o amor recíproco à primeira vista, o casamento numa cerimônia romântica, na praia, ao luar...

— Nossa vida está toda retratada nesta parede...

Após alguns minutos de silêncio, ela pediu:

— Eu gostaria de ouvir você tocar violino, Pureza...

Ele hesitou, mas foi até o estojo, abriu-o e, ao tirar de dentro o violino, dedicou-lhe um gesto de carinho, antes de ajeitá-lo no ombro. Quando começou a tocar, suaves vibrações invadiram a sala. A pintura do quadro e a Valsa de Brahms se harmonizando lindamente. Porquê se empertigara, solene, na posição certa para honrar a arte de seu dono. E abanava o rabinho, seguindo os acordes.

Ela se sentiu profundamente enlevada, e aplaudiu-o com emoção, quando ele terminou de tocar. Pureza agradeceu, comovido. Guardou o violino com excessivo cuidado e de repente se lembrou do chá que oferecera à visita, mas ainda não tinha servido. Pediu licença e se dirigiu à cozinha. Ela seguiu-o, e ficou impressionada com a ordem impecável em que se enfileiravam as panelas e os vidros de condimentos e temperos, devidamente etiquetados. Mentalmente ela comparou o recinto a um laboratório. Mas o fogão à lenha, onde fumegava ao fogo o caldeirão de sopa, era, sem dúvida, o senhor de todo aquele espaço.

Os galhos de um abacateiro fugiam do pomar, nos fundos da casa, conseguindo invadir a cozinha pela janela. Pureza alegou achar aquilo ótimo, pois poderá colher abacates cozinhando.

Levou à sala a bandeja com o bule e as duas canequinhas, e pediu a ela que o ajudasse, levando o prato em forma de concha — ou seria uma concha servindo de prato? — onde os biscoitos cheirando a coco e gengibre perturbavam a postura formal de Porquê, ainda posando como anfitrião. Ficou mais à vontade após ganhar alguns deles.

— São da minha receita particular e... secreta — contou Pureza, piscando o olho.

Ela se sentou na poltrona, ele na banqueta, diante da mesinha decorada com conchas e caramujos. Pureza serviu o delicioso chá de ervas especiais, cultivadas no seu pomar, e ela achou os biscoitos deliciosos.

Ruídos vindos do teto o fizeram explicar:

— Devem ser as gambás que têm minha permissão para brincar no forro da casa. As cobras também ali se acomodam para suas mudanças de pele. Mas engraçados são os macaquinhos que descem do morro para pedir bananas, fazendo mímicas incríveis.

Pureza havia iluminado os lampiões a óleo e a luz bruxuleante dava à saleta uma nota de agradável aconchego. Da mata vinha o canto de uma cigarra, anunciando o anoitecer.

— Costumam dizer que a noite desce. Mas na realidade ela sobe, de mansinho, preparando o cenário para a aparição da lua.

Dizendo isto, Pureza ofereceu mais chá, que ela recusou, alegando que já devia voltar ao barco.

— Gostei muito de sua visita, Porquê e eu guardaremos uma bela recordação desta tarde.

— Também gostei de tudo, Pureza. Foi uma surpresa linda conhecer vocês e sua casa.

Ela se levantou, dirigindo-se à porta, Pureza e Porquê a acompanharam.

— Espero que volte, para ver seu retrato.

— Meu retrato? Perguntou ela.

E sorrindo ele respondeu:

— O que pintei hoje, na memória. Vou fazer você a óleo.

— Já estou ansiosa para ver como você me vê...

Já estavam caminhando na praia e os insetos, no mato, iniciavam uma orquestração de sons.

Porquê e sua sensibilidade, pressentindo despedidas. De repente ele emitiu um som rouco e lamentoso, lembrando a sirena do navio ao zarpar. Encostou o focinho na perna dela, sinal de carinho pedindo retribuição. Ela retribuiu, afagando a cabecinha branca-e-preta.

— Porquê e eu vamos levá-la de caíque. Espera dois minutos enquanto guardo as cabras?

— Não precisa, Pureza. Vou a nado, mesmo.

Antes de mergulhar de volta ao barco, ela se despediu mais uma vez:

— Pureza, Porquê, até algum dia! Você disse que vai me pintar de memória. Na memória da minha inspiração, vou fazer vocês meus personagens.

Pureza respondeu com uma frase gentil de agradecimento. Porquê interrogou com o rabinho.

Ela saiu nadando, o movimento dos braços fazendo estrelinhas luminosas nas águas escuras do mar adormecido.

Do céu transbordante de estrelas, a lua ia conduzindo-a, esticando diante dela a faixa de luar.

De pé, no convés, ela viu Pureza acenando e acenou de volta. Estaria Serena ao lado dele, também acenando? Ou a imaginação que ela gostava tanto de cultivar estaria projetando na praia a imagem da belíssima mulher que vira pintada a óleo? Uma noite de luar pode tornar reais as imagens criadas pela imaginação.

Pureza e Porquê se abrigaram na casa. A noite silenciosa cobria a paisagem de tons prateados.

De repente, sons de violino venceram o silêncio. Brahms, com sua Valsa lindamente nostálgica veio vindo da terra, sobrevoando o rochedo-coração. Invadiu ternamente o espaço entre o céu e o mar, e ficou ecoando ao redor do barco, convidando-a a escrever. Uma expressiva saudação de adeus, que Pureza lhe enviava pelo violino. E ela escreveu, até que os raios rubros da aurora explodissem no horizonte, anunciando um novo dia e rompendo o mistério daquela noite mágica. Então ela desceu à cabine ao encontro do marido adormecido e deu-lhe um beijo.

E ele abriu os olhos, sorriu e disse:

— É tão bom acordar com você ao meu lado... Tem alguma acontecência pra me contar?...

∞

FAROL, ME PISCA UMA ESTÓRIA?

Sereia surge do mar,
bela, gentil e faceira,
de algas a coroa e o colar.
Muito amor no coração,
no olhar verde a sedução.
O pescador a prende na rede
e ela os braços estende,
ele vai acolhendo a ilusão.
Abraçados mergulham na onda,
vivendo louca e feliz paixão.

☆

FAROL, ME PISCA UMA ESTÓRIA?

Apenas um farol solitário. Longínqua parecença com chaminé de navio que naufragou, sem afundar de todo. E pode-se também imaginá-lo uma cápsula espacial em repouso de viagem.

Sobre a rocha áspera, onde os mariscos se agarram silenciosa mas ferozmente, o velho farol é senhor absoluto que esclarece as noites. Gaivotando ao redor, gaivotas tagarelas agitam asas, guinchando a liberdade. E a cada mergulho, erguem o peixe preso no bico.

Espero as águas-vivas deslizarem. Parecem orquídeas brancas, graciosas e ardentes. Tentarei esquecer o veneno de suas queimaduras. A boa intenção da beleza, pedindo desculpas.

Farol parado na solidão do mar. Sua sombra vem, drapeada, esticando trêmulas boas-vindas. Ele está me chamando, eu sei. Não é a primeira vez que nos encontramos.

Naquela estranha tarde esbranquiçada, as águas do mar refletem as nuvens brancas e rápidas. O guincho das aves brancas, e também brancas as velas do nosso barco, sendo descidas. Quando os panos do veleiro caem, farfalhantes, o mastro nu fica mais alto. Estou de pé, na proa, esperando a vez de imitar o mergulho das gaivotas. Diante de mim, a esplêndida visão de um mundo estranhamente branco.

Vou ao encontro do farol. Sua sombra é agora um braço esticado, me alcançando. As águas-vivas parecendo orquídeas já se foram, e o mar tranquilo me conduz.

Subir de bruços na rocha limosa, espetada de mariscos, é uma aventura. O vai das ondas, o vem das ondas. Vou, volto, vou. Minhas mãos escorregam, ardem, sangram. É uma luta. Insisto, e venço.

O farol ainda está calado. A hora de piscar estórias é a hora da escuridão. Algum dia pintaram ele de vermelho, bela e silenciosa aparição, vibrando na paisagem pálida.

Tudo acontece devagar, até o próprio anoitecer. Uma estrela dá aviso, piscando lá de cima, e a lua se encontra comigo no topo da laje.

— Farol, me pisca uma estória?

Se a gente acredita, as coisas falam uma linguagem fácil de entender. Talvez até transmitam alegrias e tristezas.

O farol vacila, mas as sombras vieram e ele precisa mostrar o caminho.

Pisca-pisca... Pisca-pisca... Pisca-pisca...

— Alguma novidade?

Navios vão e voltam. Outros não voltam.

— Isto não é novidade.

É. Entenda. As pessoas vão e voltam. Outros, nunca.

— Tem recebido visitas?

Um tolo. Escolheu aqui para os encontros com a amada.

— Então, é sábio.

Pisca-pisca... Pisca-pisca... Pisca-pisca...

— Marinheiro?

Pescador.

— E ela?

Bela.

— O amor deles também é belo?

É louco.

Pisca-pisca... Pisca-pisca... Pisca-pisca...

— Amar é uma deliciosa loucura.

Mas não vai dar certo.

— Por que não?

Porque eu sei.

— Pode estar enganado.

Minha experiência é muito mais antiga do que a sua. Não me engano. Vejo e ouço com clareza. Não vai dar certo.

— Que pena... Todo amor deveria dar certo.

Pisca-pisca... Pisca-pisca... Pisca-pisca...

Imagine, eles querem se casar. Doideira.

— Casamento é doideira?

Este é.

— Você hoje está muito crítico.

Apenas aborrecido com a estupidez dos que insistem no impossível.

— Não os culpo. Adoro desdobrar o impossível em mil possibilidades.

Fantasias.

Pisca-pisca... Pisca-pisca... Pisca-pisca...

— Eles visitam você?

Sim. Eles não tardam.

— Vêm de barco?

Ele, sim, de canoa. Ela subirá do mar.

— Ela vive no mar?

É uma sereia.

— Sereia?

Meus olhos são dois faróis, de repente. Repito, admirada:

— Sereia? Por que não me disse antes?

Quis causar impacto.

Faróis adoram deslumbrar pessoas.

— Então sereias existem?

Você gosta que elas existam?

— Mas é claro!

Então, elas existem.

Pisca-pisca... Pisca-pisca... Pisca-pisca...

— Vou ficar, quero ver.

Não, você volta para o barco. E não é certo você nadar sozinha depois que escurece.

— Mas eu quero ver a sereia...

Prometo ajeitar a minha luz de modo que você a veja. Seja sensata.

Não é fácil convencer faróis. Quando tomam uma atitude, é definitiva.

— Bem, então, até algum dia...

Até alguma noite — corrige-me ele.

Nado protegida pela claridade, alcanço o barco.

Fico de pé no convés, vigiando o farol. Esperar sereias é entusiasmante.

Surge então a pequena chalupa ao som do seu motorzinho, na faixa de lua que risca a água. O pescador salta e se firma na pedra. Visto de longe sob o luar é uma figura cor de prata, refletindo a beleza desconcertante dos que vivem um mistério.

E ela emerge, primeiro o rosto e os longos cabelos, depois os seios que não se preocupa em ocultar. Toda cor de lua, estende os braços longos e ansiosos. O pescador se inclina, beija-a longamente, e os dois vão sumindo num abraço que o mar acolhe, indiferente.

— Que lindo! — grito eu.

A loucura do amor...

Pisca o Farol.

Quando a gente acredita, a gente vê. E acaba descobrindo segredos. Pisca-pisca... Pisca-pisca... Pisca-pisca...

∞

CONVERSA NA PRAIA

Menina, casa comigo,
que sou bom trabalhadô.
Com chuva não vou na roça,
com sol quente lá não vou.

Do mundo acabá?
Não tenho medo...
Nem gosto de imaginá.
Quem imagina cria medo,
E o medo só vai complicá...

☆

CONVERSA NA PRAIA

Muita coisa anda acontecendo na praia de Piraquara. Agora, ela acaba de ser tomada de assalto pelo grupo de jovens ruidosos e saudáveis, num entusiasmo voraz. Alguns chegam numa lancha de linhas modernas, lembrando um monstro marinho de ficção. Outros, no saveiro que evoca os veleiros dos piratas de antigamente. Âncoras jogadas ao mar, ambas as embarcações gingam ao ritmo da marola. Os jovens invadem a praia a bordo de caíques, levando cestas de piquenique e caixas de isopor. Os mais afoitos vão a nado.

Piraquara se sofistica. Oncinhas, zebrinhas e cobrinhas brilham sob o sol, estampados nas tangas e nos biquinis das moças. A inspiração dos desenhistas de moda deve ter vagado por um safari extravagante e sensual.

Meditativo, Manuel fuma cachimbo, de olhos no mar. Sentado à sombra da aroeira, as costas descansadas na pedra e as longas pernas dobradas, observa os jovens com atenta curiosidade.

Manuel tem muita altura, poucos dentes, e sempre usa o chapéu de palha que alguém esqueceu na praia e depois se esqueceu de novo de buscar. Nos seus oitenta e tantos anos, ainda faz planos para o futuro, embora acredite que de repente o mundo possa se acabar. E, desta vez, pelo fogo, pois já acabou da outra vez pela água. Então faz planos sob esta condição, com limite de tempo.

Viúvo duas vezes e meia, como costuma dizer, explicando que da terceira fora apenas amigado com a escurinha que fugira, não aguentando viver na praia. Ele divide agora a sua alegre solidão com o cachorrinho, chamado "Sem Nome", e as pescarias, as galinhas poedeiras, o galo cantador, as árvores apinhadas de frutas, a horta, e tudo de bonito e bom que vai encontrando no dia-a-dia. Construiu uma casinha e cobriu-a com sapé. O chão de terra é varrido diariamente com a vassoura de galhos secos.

À pergunta rotineira dos visitantes, *você se aborrece muito com a absoluta falta do que fazer?*, Manuel tem resposta pronta:

— Ué! Quem disse que eu não tenho o que fazer?

E enumera suas funções diárias, começando pelo banho de mar, às cinco da manhã, chova ou faça sol.

Manuel é prestativo, oferece aos visitantes mudas de fruta-pão, empresta faca afiada para limpar peixe, e ajuda a garotada que surge nos fins-de-semana, a apanhar fruta no pé. Não se incomoda que usem o seu chuveiro, improvisado com as águas da cachoeira, mais pra dentro do mato, mas vai logo avisando que ali tem cobra.

Está sempre de calça e camisa, se escondendo dos mosquitos. Para espantá-los usa uma boa pinga esfregada nos braços. Ele também espanta a sua própria sede com alguns tragos a mais.

Vendo aquelas moças de bundinhas rígidas e os peitinhos quase saltando dos sutiãs, ele cogita a possibilidade de arranjar uma companheira. É capaz de botar no chinelo aquela rapaziada toda!

Tira o cachimbo de sabugo da boca e cantarola baixinho:

"Menina, casa comigo,
Que sou bom trabalhador.
Com chuva não vou na roça,
Com sol quente lá não vou."

A turma está brincando nas ondas, num animado vozerio. Quem disto se cansa, vai se espichar na areia, igual lagarto ao sol.

Ao descobrirem Manuel, à sombra da aroeira, cumprimentam-no com amigáveis acenos que ele retribui, erguendo o cachimbo. E vão se aproximando dele, desejosos de saber quem ele é, e o que faz ali.

A toalha de plástico é estendida na areia. Da cesta de palha saem coisas incríveis, com cheiro gostoso. A caixa de isopor, recheada de pedras de gelo e, aninhadas entre elas, muitas latas de refrigerante e cerveja. Manuel já almoçou comida feita em panela de barro, no fogão à lenha. Por motivo de segurança, arrumou sua cozinha nas ruínas do casarão do tempo dos jesuítas. É arejada e tem um conforto solto que só ruína pode ter.

Ele já bochechou com água morna da caneca de lata, asseando a boca. A comida elegante, que acaba de receber da turma, no prato de papelão, e a latinha de cerveja, ele guarda para a janta.

Manuel escuta o assunto deles, e acha muito engraçado.

— E vale mesmo a pena, Tomé? Custou tanto dinheiro...

— É lógico, Joaninha! Representa um avanço em nossa civilização!

— E o lixo? O lixo é que me mete medo. Onde vão colocá-lo?

Zebrinha responde de boca cheia:

— Vai ser enterrado na Patagônia, aposto!

— E a Argentina e o Chile concordam com isso?...

Um dos rapazes abre a lata de cerveja e vira um bom gole antes de contar:

— Lá na França, colocam o lixo dentro de bolinhas de vidro e enterram elas dentro de uma montanha.

Cobrinha faz carinha de consternação.

— Credo! E se a montanha explode?

Outro rapaz aparteia:

— Ouvi dizer que os Estados Unidos estão mandando o lixo para uma das ilhas dos Mares do Sul.

— Se Somerset Maugham ouvisse isso, ia ter um chilique.

— Talvez inspirasse Gauguin...

Oncinha suspira.

— Se der vazamento, o que será de nós?

— Explosão é pior.

— Aí o mundo acaba.

Manuel tem um sobressalto. Aquelas foram as únicas palavras que ele entendeu, daquela estranha conversa. Um deles, com voz risonha:

— Não sejam bobinhas. Que medo mais tolo!...

— Não existem medos tolos, Toninho. Podem existir motivos tolos e outros razoáveis, como os nossos. O medo é uma forma de defesa.

Zebrinha diz isso oferecendo ovos cozidos, numa cumbuca.

— Só tenho medo deles estragarem a nossa água. Ouvi dizer que ela vai aumentar a temperatura, logo aqui.

Manuel está achando aquela conversa toda muito esquisita. Desde quando gente tem medo de lixo?...

Perguntam a ele se tem medo do mundo acabar.

Manuel tira mais uma vez o cachimbo da boca e cantarola:

“Do mundo acabar?
Não tenho medo...

Nem gosto de imaginar.
Quem imagina cria medo,
E o medo só vai complicar..."

Após os aplausos da turma, ele abre um largo sorriso e avisa:

— Olha, gente, Deus é quem toma a decisão. Ele é quem resolve. Não adianta ter medo. O melhor é a gente ir aproveitando as coisas boas deste mundo.

Percebendo que suas palavras estão causando efeito, prossegue:

— O mundo já acabou uma vez, pela água, e Deus até deu uma colher de chá pra Noé e a bicharada, durante o dilúvio. Quando o mundo acabar de novo, vai ser pelo fogo.

Todos ficam em silêncio, de súbito, e Manuel espicha os olhos, acompanhando os olhares apreensivos que se dirigem até longe, quase na linha do horizonte.

Então, Manuel tem pena do medo deles todos, e diz, convicto:

— Se acabar, o mundo depois recomeça, podem ficar descansados. E vai ver, recomeça melhor...

O rapaz de brinco na orelha olha em volta e descobre a casinha que os homens de macacão plantaram na areia, trancando-a com cadeado e pedindo ao Manuel pra ficar de olho, sem tocar nela. Eles — os homens de macacão —, de vez em quando, aparecem com um aparelhinho gozado e examinam a casinha.

— Olhem só! Isto é pra medir um possível escapamento de radioatividade!

Curiosos, mastigando ovos cozidos, tomates e sanduíches, todos se aproximam da casinha, e começam a cochichar. Erguem os olhares mais uma vez para aquele ponto perto do horizonte, onde uma construção recente, enorme, agride a paisagem.

Uma luzinha vermelha ali se acendeu, parecendo aviso da usina nuclear.

Afinal, Deus é quem toma a decisão. Ele é quem resolve...

Mas, se o mundo já acabou pela água, é bem possível que da próxima vez acabe pelo fogo.

E Manuel continua a meditar...

∞

MULHER-DE-PROA

Montanhas nunca se encontram,
sentinelas do horizonte
com seus perfis ondulantes.
Mares se unem agitantes,
soprados por ventos cantantes.
Pessoas também se encontram.
Algumas, voltam a se encontrar
nas esquinas do mundo,
ou no cenário do mar...

☆

MULHER-DE-PROA

Montanhas nunca se encontram. Águas, sim. Homens, também.

Quando vi Hank pela primeira vez, não sabia seu nome. Nem sua aventura, que eu apenas adivinhei. Estávamos envolvidos pela manhã fria daquele domingo em *Copenhagen*. A *Riváings Allé* para trás, eu apressava passo, esquentando o frio. Conhecia pouco a cidade para saber que mais alguns quarteirões me levariam ao mar. Jamais acreditei que ele surgiria, de súbito, cisnes brancos deslizando sobre suas águas de um tom verde-escuro, e alguns naviozinhos silenciosos perfilados no pequeno cais.

Ganhei de presente a visão do mar, e o pequeno navio amarelo e preto chegando de *Malmö*, com bandos de gaivotas seguindo-o, num cortejo de asas. Devia ter largado há pouco, pois a Suécia é apenas um pulo até o lado de lá. Atracou mansamente e logo depois homens e mulheres agasalhados em casacos grossos, com suas crianças de olhos transparentes e nariz gelado, desceram a escada tranquilamente, sem atropelos, até o cais.

Foi então que eu vi, atracado mais adiante, um veleiro de linhas exóticas. Empinada na proa, a figura de mulher, entalhada na madeira. O perfil começava na testa larga e cabelos ao vento, descendo pelo nariz fino, e um sorriso desafiante. Seus olhos curiosos faziam perguntas ao céu. O queixo fino, porém firme, e o pescoço liso. Os seios e os ombros, vestidos de azul. Magnífica figura de proa.

De dentro, subiu o gigante louro, de olhos claros, profundos, no rosto marcado pelo vento frio.

Na imaginação, troquei suas calças surradas e o suéter pela roupa de guerreiro Viking e desenhei uma barba, escorregando em ponta pelo seu queixo decidido. A verdade é que ele podia ser aquilo mesmo: um Viking, lobo do mar.

Observei-o pular para o cais e acompanhei seus movimentos, transportando caixas.

Ele acabou de arrumar o barco e acendeu o cachimbo curvo que lhe entortava a boca. Sentou-se, encostado à mulher-de-proa e abriu um livro.

Aase, letras de metal polidas, nomeavam a embarcação. A figura de madeira, a qualquer momento, numa pergunta maior ao céu, avançaria pelo mar afora.

Fui andando, deixei-os a sós.

☆

Era tarde de verão, no Rio, e um veleiro de linhas exóticas cruzava a linha da Barra. A mulher-de-proa, subindo com o mar, seus olhos curiosos tentando decifrar as montanhas e os arranha-céus da cidade. O sol e as chuvas haviam desgastado sua pintura, sem alterar-lhe o sorriso. As letras do nome estavam escurecidas: *Aase.* E ela quase alçava voo, dizendo ao céu: *Eu também já fui azul.*

Ao leme, um gigante louro de pele tostada pelo sol, e a barba vermelha.

Aase e eu não nos víamos há três anos.

Ficou ancorada no Iate Clube. Soube que era comandada pelo Hank, o holandês. Navegador solitário, navegava pelos mares do mundo. Intelectual de *Amsterdam*, fora, há alguns anos, à Dinamarca em busca de *Aase*, pela qual se apaixonara na adolescência. Tinha jurado a si mesmo que algum dia o veleiro seria seu.

Hank não estava com pressa. Passava as horas do dia sentado contra o perfil da mulher-de-proa, lendo. E só parava a leitura para pintar o casco do barco e polir o metal das letras: *Aase.*

Na minha imaginação sumiram as vestes de guerreiro Viking com que eu o vestira anos antes. Transformei-o num pacífico e romântico habitante de *Volendam*, calças bufantes e tamancos de ponta virada.

Falou-se da biblioteca fabulosa que ele trazia na cabine.

Hank lê, quando está em pleno mar? Largará o timão alguma vez ou conduzirá *Aase* lendo?

Uma tarde partiram, em busca de nova aventura.

Voltaram no fim do ano. Olhos brilhando da claridade tropical, pele avermelhada, exibindo o que lhe fizera o sol implacável, Hank tinha navegado pela Costa Brasileira, e a mulher-de-proa ganhara uma figa de metal e madeira.

Ele, então, começou a sair todas as tardes, pedalando a bicicleta que guarda a bordo. Teria arranjado amigos ou estaria Hank de amores?

Eu fizera, na mente, a viagem com eles, partindo de Copenhague e compreendendo sua devoção ao barco. Lamentei vê-lo abandonar *Aase*, dias seguidos.

Certa noite, ouvi dizerem que eles partiriam cedo, para a Austrália, no dia seguinte.

Aproximei-me do cais. *Aase* exibia seu novo banho de tinta e seus olhos pareciam dizer ao céu cinzento: *Desculpe se roubei-lhe o azul...*

Uma jovem magra e ágil pulou fora do convés, usando roupa de marinheiro e cabelo cortado curto, vermelho como a barba de Hank. Tirava cebolas de um saco e as empilhava dentro da caixa menor, com cuidado. Assoviou e Hank apareceu. Sem barba, desta vez. Mas de aliança no dedo, igual à da moça que arrumava as réstias de cebola na caixa.

Ele subiu e estendeu os braços para apanhar a caixa. Lançou-me um sorriso e eu imaginei se ele me reconhecia, desde Copenhague.

Soube que Hank tinha se casado na véspera. Um entendido em mapas e mares os aproximara.

Foi uma partida simples, apreciada pelas poucas pessoas, no cais do clube.

Aase não olhou para trás. Seguiu muito dona do oceano. A lenda do navegador solitário vai surgir em outro Hank, porque *Aase* abriu velas, sem solidão.

O que estará dizendo a mulher-de-proa aos ventos que tentam esvoaçar os seus cabelos de madeira? Que agora Hank já pode ler seus livros em paz, pois conseguiu timoneira para dirigir o barco? Ou apagará seu sorriso porque Hank a traiu?

Talvez algum dia nos encontremos num porto qualquer. Espiando novo céu, provando novo mar.

Aase, mulher-de-proa, vestindo azul, figa no pescoço, vivendo acontecências para me contar...

∞

SOM DE ONDA

Vem,
me dá tua mão.
Não tenhas medo
que as pálpebras descidas
façam noites escuras e compridas
sobre dois viajantes cansados
que lado a lado,
em gente e coisas já pousaram,
sem ver.
Como borboletas incrédulas,
Num voo errante
de pombos espantados.

Ouve as estrelas de vidro:
são pingos de luz,
tilintos na escuridão...

Ouve o mar:
é gaivota guinchando,
água batendo na pedra,
gemido da retranca
soluçar das velas...

É o arfar de ondas
desmanchando espumas
sobre a areia das praias.

É suspiro de remos,
canto das redes,
cheiro de sal

no movimento dos peixes.
É som longínquo de terra.

As cores vão despertar, um dia,
para teus olhos adormecidos.
Sons vibrantes subirão
à tua alma, libertando-a do vazio,
tingindo-a de coloridos.

Vem,
me dá tua mão.
Há uma vida que poderás
sentir, tocar com os dedos.
E só tu conseguirás viver
no interior impossível,
do que os olhos despertos
ousam chamar ilusão.

☆

SOM DE ONDA

Além da janela aberta é somente o espaço. E ela adivinha céu azul com chumaços de nuvens brancas, o mar solto e o espaço quadrado e concreto. Se estender longamente as pontas dos dedos, acha que conseguirá tocá-los.

Sentada na cadeira do terraço, décimo andar qualquer, ela brinca de descobrir formas e cores.

Vermelho vibra como trombetas. A brisa macia encostando-lhe no rosto, isto é azul. Cor-de-rosa vem no riso das crianças. O verde, sobretudo. Verde som de onda e a onda, feita de mar. Já tinha estado num barco. Sentira, então, todas as cores juntas.

Desde que haviam se mudado para aquele edifício, ela passa horas de sol no terraço, ouvindo o mar. Seu ouvido apurado consegue separar o verde dos outros ruídos de rua, fazendo-a feliz.

No prédio ao lado, altura um andar acima, as mãos do homem apoiam-se no parapeito do terraço. Não usa gravata e a camisa desabotoada diz que ele está sufocando. No tom do seu rosto, ela jamais conseguirá definir o pálido de abatimento e tristeza.

Para ele o mundo já está no fim. Não acredita mais nas coisas e nas pessoas. Então, para que nelas insistir? Debruçado, mede a distância que o separa do solo.

☆

O calor do sol num tom laranja forte, a obriga a trocar o terraço pela brancura da sala refrigerada. Faz um último esforço para sentir o som da onda. Se ficar bem quieta, o verde do som subirá até ela, separado de outros sons. Seus olhos muito abertos fixam o alto, à espera.

O olhar magoado de um homem cheio de desespero bate neles. Dois olhares encontrando-se no espaço. Um, abandonado. O outro, grande em fé.

Enquanto ela ouve o mar, lágrimas de emoção rolam pelo seu rosto.

Ele conserta o corpo, surpreendido, muito perto daquelas lágrimas. Imagina que alguém sofra com ele. Um ser humano talvez chore, numa súplica muda. Para ele, surgem névoas de esperanças. Verdes também, as esperanças. Ele fecha os olhos e somente consegue abri-los quando descobre que o mundo não está irremediavelmente perdido. Sente-se salvo. Alguém está com ele, na interpretação da alma.

Ele fica imóvel, o rosto dela ainda está voltado para ele. E se ele lhe sorrisse, num recado de gratidão? Sente carinho. Um sentimento, para ele, já quase esquecido de sentir. Sorri na direção daqueles olhos que o fitam, intensos, do outro lado da rua.

O olhar dela, profundo e expressivo, continua a dizer coisas que ele jamais poderá alcançar. E ela também sorri. Dois sorrisos se encontrando no espaço, vindos de direções opostas, ao som das ondas.

Ela anda vagarosamente em direção à sala. Ele fica vendo-a sumir pela porta de vidro. Depois, ele também entra. Mas já é um homem salvo.

Precisa saber o nome daquela jovem. Quem é, o que faz. E agradecer-lhe a vida restituída. Sai do apartamento e desce pelo elevador. Atravessa a rua até a outra calçada.

O porteiro, desconfiado, mas não resiste e dá a informação:

— Aquela mocinha do décimo andar é a filha do novo inquilino. Só hoje o senhor notou? Mas eles já estão ali há mais de um mês...

Há outra informação maior que ele hesita em dar. Acontece um pouco de silêncio. Finalmente revela, num tom de quem protege o segredo do anjo do décimo andar:

— Um encanto de menina, coitadinha. É pena ter nascido cega...

∞

ACONTECÊNCIAS SE REPETEM?

O passado ameaça voltar
Se o presente concordar...
O futuro, porém, se oculta,
Numa interrogação fortuita,
Difícil de se decifrar...

☆

ACONTECÊNCIAS SE REPETEM?

Gemidos de violinos e sussurros esparsos, conduzidos pela brisa, sobrevoaram a noite e pousaram na retranca, na ponta do mastro e sobre as velas descidas e amarfanhadas, no convés do veleiro. Sons chegados de repente. No mar, o imprevisto é quase obrigação.

A âncora silente jazia no fundo da água irrequieta e escura, que batia de leve no casco, num compassado cântico hipnotizador.

Era a última noite de uma década agitada e trepidante, que se tornara, para Tércia, quase febril nos últimos anos, no processo constante de armazenar a perseguidora lembrança dos sonhos. Sem a preocupação de arquivá-los, apenas os empilhando, prontos para serem pinçados pela mente, no ato quase inconsciente de recordar.

Tércia emoldurou entre os cantos da gaiúta seu rosto de traços finos e expressão preocupada. Espreitando o céu observou a lua e sua vã tentativa em fugir da nuvem que se interpusera entre ela e a terra. Subiu os cinco degraus da escadinha que levava ao convés. Em terra, os violinos a saudaram, as vozes murmuraram avisos à sua aparição, porém os risos transformaram-se em lamentos.

Além rochedo, uma estranha festa alastrava-se pelos jardins intumescidos de folhagens e arbustos, onde os lampiões estremeciam os seus oscilantes focos de luz, iluminando o casarão antigo que remoçara séculos.

Tércia fechou os olhos, apertou-os e tornou a abri-los. A festa continuava lá, absoluta e concreta. Ela sentiu uma emoção intensa e forçou adiar o medo antigo. Mas as terríveis lembranças recomeçaram a suplicar.

Horas antes, ao chegarem em busca de um abrigo seguro para o barco, só avistaram em terra, mais adiante, as ruínas de um casarão antigo, dominadas pelo mato. E agora, uma luminosa festa ressuscitava o lugar.

Impelida pela curiosidade ela mergulhou, começando a nadar em direção ao rochedo, para admirar mais de perto aquela inacreditável visão, que ela reconhecia. De onde? Riscas fosforescentes cintilavam na água escura e os sons a precediam, conduzindo-a.

Estando mais perto daquele cenário que penosamente ela sentia cada vez mais reconhecer, o velho medo veio vindo, possessivo, instalando-se em cada fibra nervosa de seu corpo, e atirando dúvidas em sua alma. Um medo incompatível com a fé que se forçava a exercitar desesperadamente, a fim de exorcizá-lo. O medo da última noite do ano, temido porque a lembrança ameaçava surpresas.

A lua, após ter lutado tanto com os chumaços de nuvens, conquistara um pedaço de céu. Dali, contemplaria o mundo, suas desgraças e suas esperanças. Uma faixa de claridade deslizava pela superfície do mar, subindo pelo rochedo acima. O olhar de Tércia também subiu pelas pedras. Então, ela estremeceu: sonho alucinado ou a projeção de um retrato ao vivo, ela se viu nos braços de Leonardo. A sobrecasaca escura dele, contrastando com seu vestido longo e rubro, de um outrora que ela já conhecia de sonhos. Os dois formando imagens translúcidas, parecendo ausentes da realidade.

E ela então recordou a voz quente de Leonardo, a voz de hoje, do Leonardo de hoje. Recordou, não, ouviu. A voz escorregara do rochedo até os seus ouvidos. E, no entanto, estava tão distante... Um tempo muito maior do que um mar os separava. Teria sido o desejo intenso de preservar sua presença que permitia escutá-lo mais uma vez? E ele dizendo:

— *Esperarei anos, séculos, até sempre. Mas eu quero você. Preciso do seu amor. Sem você, nem a morte será descanso...*

Os dois vultos continuavam muito juntos, e Tércia imaginou o beijo que os mantinha enlaçados, o beijo que parecia ser o deles, um beijo que voltava de um passado já vivido por ela, ou por outra Tércia anterior.

Dali a instantes, atingiu-a maior surpresa, pois aquela frase lhe pertencia:

— *Leonardo, querido, não me peça o impossível...*

Tércia sentia-se indiscreta e curiosa, mas com algum direito de ficar ali, à escuta, participando em silêncio de seus diálogos com Leonardo, numa visão que podia ser apenas um sonho. Mas agora, ela estava sendo espectadora atônita de um amor que também havia sido o de outra Tércia, num passado remoto.

Angustiada, Tércia nadou sem ruídos de volta ao barco. O veleiro parecia mais distante, a cada nova braçada. E os murmúrios a seguiam, perseguindo-a com a doçura cruel, angustiante.

Alcançou o barco, com a impressão de estar fugindo de si mesma.

Quando aconteceu? Como aconteceu? Não sabe. Só se recorda do olhar penetrante e ardente de Leonardo, de sua voz mansa porém forte. E a primeira vez, o primeiro aperto de mão a que instintivamente ela fugiu, para dar liberdade aos seus dedos macios. Estes lhe haviam alisado os cabelos, as faces, parando na linha dos lábios, entreabrindo--os delicadamente. Já era então o começo, apenas o começo. E tarde demais para recuar.

Ela parou de pé na proa, a vontade de rever os dois, esculpidos em luar, ela mesma e Leonardo. Foi neste momento que surgiu o vulto do homem caminhando em direção ao rochedo. Sentiu o medo crescer, dentro dela, *aquele* medo que nunca pudera definir completamente. O homem encurvava-se em passos rápidos. O rosto pálido — também parecia feito de luar — era pouco visível, mas Tércia reconheceu-o. Ela o reconheceria sempre. Mais ainda *pela expressão de seu rosto, deformado pelo ódio, e pela febre dos ciúmes incontidos, ferindo a paz da noite.*

Novamente a lua foi encoberta. Ou teria deliberadamente se escondido para não presenciar?...

Tércia pressentiu, minutos antes de tudo acontecer, porque já sabia. Não conseguiria impedir. Se tentasse, isto seria apenas um mergulho no impossível. Em silêncio, deixou-se ficar presa ao barco e à perplexidade que a imobilizava.

O grito abafado, a luta entre os homens, o baque surdo do corpo atingido caindo no mar. A mulher ajoelhada no chão, em prantos. Os prantos dela, Tércia, uma Tércia de outros tempos. O homem tomando-a nos braços, esgueirando-se, rápido, pelo jardim adentro, carregando-a em triunfo em direção à casa.

Atônita, Tércia — a de hoje — ficou olhando fixamente a festa que apesar de tudo continuava nos jardins, os pares dançando ao som da valsa de um ontem longínquo...

Tércia imóvel, intimamente se questionando, alienada, sucumbida.

Qual dos dois. Qual deles?... Qual a teria carregado em seus braços e qual teria sido engolido pelo mar, num outrora que podia se repetir no presente?

Ela sabia que a manhã seguinte apagaria tudo, com o calor do sol e a gloriosa luminosidade. A música e as vozes estariam dissolvidas pelo silêncio, pairando entre as ruínas do antigo casarão. Os jardins da noite anterior teriam regredido ao emaranhado de árvores, plantas selvagens, o mato crescendo e envelhecendo em liberdade.

Havia sido tudo uma imagem louca, rompendo as amarras da lucidez e da lógica? Ou os fatos realmente se repetem, por mais afastados que estejam, no tempo? A cena que ela acabara de ver, e que algumas vezes retornava em sonhos, alertando-a, já teria acontecido num outro passado, ameaçando se repetir no presente?

Tércia desceu à cabine e se deitou ao lado do homem que ressonava tranquilamente no beliche. Sentindo sua presença ele enlaçou-a, num gesto de carinho. Ela prometera acordá-lo para brindarem ao novo ano e à nova vida, juntos. Aconchegou-se a ele, que abriu os olhos, sorrindo-lhe com ternura. Havia segurança naquele sorriso. E Tércia sentiu que aquela segurança poderia ajudá-la a desafiar o temor dos sonhos que a atormentavam. Afinal, decidiu ela, acontecências boas ou más se repetindo podem ter desfechos surpreendentes, elaborados pela própria força da mente. Ajudando a conduzir o próprio destino...

Naquele momento, outro barco se aproximava, as ondinhas do mar batendo de leve em seu casco. O luar prateava a figura do homem que estava ao leme, *e a expressão de seu rosto, deformado pelo ódio e pela febre dos ciúmes incontidos, feria a paz da noite*. No momento em que ele, silenciosamente descia a âncora, Tércia, na cabine do barco ao lado, sentindo a alma liberta, saudava:

— Feliz Ano Novo, Leonardo querido!

Acontecências se repetem?..

∞

NAMORO DE BARCOS

Versinho conto-de-fadas do mar
que Bento-de-Deus Bacalhau
recita em noite de lua cheia,
para dezessete bisnetos
crescidos e atentos, agachados
na areia da Praia do Sal.
— Bacalhau é preto como a noite,
mas tem barba cor de luar.

"Moleque-do-Mar"
ouviu voz de peixe,
sereias cantando.
A proa empinada,
jamais teve medo
dos ventos da noite
zunindo nas velas.
Viu céu cuspir fogo
e o mar enraivado
batendo no casco,
mas nunca ligou.

"Fror-de-Manacá"
que é toda faceira,
que é bem uma flor,
feliz sobre as águas,
gostou de "Moleque",
chegou junto dele
com jeitos de amor.
"Moleque", endoidado,
gamado... encostou.

Pra eles, de dia,
o sol se mostrava.

De noite, às estrelas,
brincavam os dois:
subidos os mastros,
tentavam fisgar
a lua bonita
no alto do céu.

Um dia, "Moleque"
partiu para longe
ouvindo sereias.
E "Fror" soluçou
seu choro menino,
orvalho de flor.
Rompendo as amarras,
entrando no vento,
sumiu devagar,
perdida nas ondas
perdidas do mar.

Será que encontrou
"Moleque" na espuma
das águas revoltas?
A lua é que sabe
se viu dois barquinhos,
dois barcos juntinhos
brincando na noite,
os mastros compridos
querendo espetar
a face redonda,
gorducha, espantada,
que brilha no céu
por cima do mar.

— Será que ela viu?
Pois são eles, são eles...

☆

AGRADECIMENTOS

Agradeço a todos da Equipe Editorial da Nova Fronteira que contribuíram para o sucesso da nova edição deste meu livro: Daniele Cajueiro, Adriana Torres, Ana Carla Sousa, Mônica Surrage, Daniel Borges, Larissa Carvalho, Mariana Teixeira, Aline Oliveira. Além de Leandro Liporage, designer responsável pela belíssima capa.

Peter e eu somos muito agradecidos a nossa querida amiga, a escritora Ana Margarida Mignone, pela expressiva foto que tirou de nós com seu celular — hoje se fazem coisas incríveis com um celular! — sob o quadro com a foto do *Cangrejo*, pendurado numa das paredes do Iate Clube, uma honra especial para o grande iatista.

De modo especial sou muito grata à Janaina Senna, eficiente e dedicada Editora de Clássicos Nacionais que, pessoalmente e pelo telefone, teve a bondade — e a paciência — de esclarecer minhas dúvidas e orientar-me na organização técnica destas páginas, sempre com a maior boa vontade e suas ótimas ideias.

O que me enterneceu foi o comentário afetuoso que ela escreveu na última página do rascunho do meu texto de abertura para este livro, ao terminar de lê-lo, emocionada. Agora, Janaína querida, você também já faz parte da estória de *Acontecências*.

Agradecendo a Deus a minha inspiração e a alegria de ver este livro reeditado, peço que Ele abençoe todos vocês da editora e também os meus leitores.

BIBLIOGRAFIA DA AUTORA

ACONTECÊNCIAS (contos). Rio de Janeiro, Livraria José Olympio Editora, 1967.

SETESTÓRIAS (contos). Rio de Janeiro, Livraria José Olympio Editora, 1970.

POR QUE NÃO? (contos). Prêmio Afonso Arinos, da Academia Brasileira de Letras, Rio de Janeiro, Livraria José Olympio Editora, 1972.

SERENDIPITY (contos). Rio de Janeiro, Livraria José Olympio Editora, 1974.

CARISMA (contos). Rio de Janeiro, Livraria José Olympio Editora, 1978.

CLIQUE! (contos). Rio de Janeiro, Livraria José Olympio Editora, 1981.

RELEMBRAMENTOS: JOÃO GUIMARÃES ROSA, MEU PAI. Rio de Janeiro, Editora Nova Fronteira, 1983. Prêmio Ensaio Biográfico do PEN Clube do Brasil (RJ). Prêmio Joaquim Nabuco da Academia Brasileira de Letras

AS VISIONÁRIAS (contos). Rio de Janeiro, Editora Nova Fronteira, 1986.

MISTÉRIO DO EXISTIR (contos). Rio de Janeiro, Editora Nova Fronteira, 1999. Menção honrosa do Prêmio Malba Tahan, da Academia Carioca de Letras e União Brasileira de Escritores.

Direção geral
Antonio Araújo

Direção editorial
Daniele Cajueiro

Editora responsável
Janaína Senna

Produção editorial
Adriana Torres
Mônica Surrage

Revisão
Daniel Moura
Leonardo Vianna
Patrícia Machado

Diagramação
Futura

Este livro foi impresso em 2016 para a Nova Fronteira.